爱在欧洲
旅行时

俞瑶 著

A
Long Journey
in
Europe

by
YU YAO

山西出版传媒集团
北岳文艺出版社

图书在版编目（CIP）数据

爱在欧洲旅行时 / 俞瑶著. — 太原：北岳文艺出版社，2017.4
ISBN 978-7-5378-5179-4

Ⅰ.①爱… Ⅱ.①俞… Ⅲ.①游记—作品集—中国—当代 Ⅳ.①I267.4

中国版本图书馆CIP数据核字（2017）第070897号

书　名：爱在欧洲旅行时	选题出品：麦书房文化	责任编辑：高海霞
著　者：俞　瑶	出 品 人：麦　坚	封面设计：@_叁囍

出版发行：山西出版传媒集团·北岳文艺出版社
地　址：山西省太原市并州南路57号　邮编：030012
电　话：0351-5628696（发行部）　0351-5628688（总编室）
传　真：0351-5628680
网　址：http://www.bywy.com　E-mail：bywycbs@163.com
经销商：新华书店
印刷装订：北京中科印刷有限公司

开　本：787mm×1092mm　1/32　字数：150千字　印张：8.5
版　次：2017年4月第1版　印次：2017年4月北京第1次印刷
书　号：ISBN 978-7-5378-5179-4
定价：38.00元

本书版权为本社独家所有，未经本社同意不得转载、摘编或复制

一个在精神上无「**根基**」可循的人，
是不可能获得精神的「**自由**」的。

@ 里昂

@里昂

罗纳河两「岸」的房子，

带着朱红色的屋顶，已「存在」有数百年。

广场上的「摩天轮」，

路易国王的「雕像」，

法国「城市」特有的元素在远处依稀可辨。

@安纳西

每天站在同样的石桥上做着「同样」的事,
面对着「不同」的人,
而他们「见过」的这些不同的人里面,
甚至有不曾相识
或即将「相识」的我们。

@安纳西

被「**山丘**」环绕着,

是碧青的、翠黛的,「**布满**」河流,

「**白天鹅**」从河心飘过,

与「**小船**」的轨迹交汇,

柔滑的水痕像竖琴的「**乐声**」。

只是「陶醉」,
只是在「审美」,
这是没有「国界」的事。

@安纳西

@戛纳

这个银幕上的「**黄金女郎**」,满身都是「**缺点**」,
有人真的「**深爱**」她吗?

@戛纳

我可能「**爱你**」,也可能「**不爱你**」,
但不要紧,这是不需要明了的「**事**」。

@夏纳

「茫茫人海」中唯一能让人「**着迷的**」,
也只有心中「**那个人**」。

「**厮守**」是一种退让,
有些人一辈子都在「**逃避**」。

@尼斯

@尼斯

梦想与「**爱**」都是世上绝美之物,
值得生命为之「**粉身碎骨**」。

@米兰

没有人会在这个城市「贪婪」色彩,
色彩是不「需要」的,
只凭那些建筑的「光影」和大片「灰蒙蒙」的笔触,
已是这般「魅力」。

@米兰

这个世界的「**故事**」太多,

我们永远来不及当「**听众**」。

@米兰

在「**暴雨**」和「**酒精**」的泛滥中脱胎换骨，
仿佛世界给我开了一扇奇特的「**大门**」。

我其实非常「**明白**」,
现在我想要的就是自由与「**热情**」,
而非对「**特定的人**」的执念。

@米兰

目录 contents

序章 —— 001
献给愉悦、爱与时光
Adagio Prelude

里昂·安纳西 —— 007
CHAPTER 1 缓慢的开端

戛纳·尼斯 —— 021
CHAPTER 2 薄荷海
Mint Ocean

米兰 —— 049
CHAPTER 3 别人的故事
Someone Else's Story

威尼斯 —— 069
CHAPTER 4 水城迷路
Lost in You

慕尼黑 —— 089
CHAPTER 5 安静得没有言语
Reticence

目录

contents

布拉格 —— 101
CHAPTER 6　一个人的布拉格
Dancing Alone in Prague

华沙 —— 120
CHAPTER 7　华沙的白日梦与爱
Pianist's Love and Fantasy

巴塞罗那 —— 157
CHAPTER 8　女孩的短假期
Girls' Short Vacation

巴黎 —— 179
CHAPTER 9　像孩童一样奔跑
Fly Like kids

一些城市，一些故事 —— 221
CHAPTER 10
Some Cities, Some Stories

后记 —— 230
从诗与远方到巴黎

序章

献给愉悦、爱与时光

1

从前,有一位玄学老师傅跟我说:"你最好一直去旅游,一直周游列国,这样你才能一辈子开开心心。"

我属羊,温文尔雅,三月双鱼,多愁善感,从不安分待在一个地方,也不擅长经营漫长的感情。我容易不开心,但又很努力让自己开心。我总是相信,真诚地渴望什么,必得到什么。久而久之,我感知到了某种暗示的力量,时常活在自己给自己编织的愉悦的梦中。

那位玄学师傅很有名气,我们驾车兜兜转转走了很多山路才找到她。那天以后,我再也记不起她所在的具体位置,同去的友人亦是几面之交,后来再没见面,自然也无从问起。她住在山间,几乎与世隔绝,富有而睿智,又孤独。她说话带着坚定的口吻,对于我们这等芸芸众生极有说服力,我在心中把她说的话反复默念许多遍。自从见过她以后,我就一直幻想着去旅行。事实上,我也真的这么做了,接下来的时光我大多在路上。

那位玄学师傅的话和我自己的期待是那么吻合。我渴望一辈子开开心心,即使有伟大的追求,也常问自己是否真心情愿,否则难以愉悦。

别人总跟我说:这样做是对的,那样做是错的。

可是谁也没有提及,怎么做才能开心。

于是,至今为止我对那位玄学师傅的话深信不疑,因为只有她告诉过我一辈子开开心心的方式。

2

我曾经问过许多同龄的友人,理想生活是什么样的。

答案不尽相同。大部分人都无法清晰描绘自己的将来,支支吾吾地想了片刻,也许会吐出几个字:可以有空余的时间,无拘无束地旅行。

旅行是一张矛盾的网,建立在现实之中,又以梦的形式存在。在这方面,我们可以找到太多相似的情感,对于"我真的想做什么",我们都太缺乏力量。我们被要求群居,甚少大摇大摆地走出去,甚少为了一个简单的心愿长途跋涉。我们的肩上总是背负着太多的主义与形式,还有来自四面八方的建议与劝说。

旅行是自由的缩影,是每一个渴望了解世界的灵魂成长的方式之一。有些成长只能在路上完成,有些风景只属于在路上的人。

我患了这种旅行的瘾。

我相信一次完整的旅行会带来一个转机,而此刻,我多么渴望一个转机,给原本蒙昧的生活开荒——我们都活得太忙碌了。对于我,过去的二十二年里根本没有遇到过很好的旅行契机,表面上看无非就是年龄太小还没有独立,要不就是课业太多,要不就是没有伙伴。而内因也许是命运性的,我深信生命中的每个事件都会随时机而来,不能强求。我一直对旅行抱着深深的渴望,如今身处欧洲这片艺术的土壤,我是不可能无动于衷的。

这一次,在圣诞假期,我与朋友一同在欧洲走了一个月。说真的,我对这次旅行完全没有心理准备。早在几个月前,半个月的圣诞假期和半个月的寒假交换生项目就已经煽动起人群的讨论,大大小小的旅行计划早就开始萌芽。有些人非常果断，计划在出发前几个月已经成型，路线、酒店、机票早已定好；有些人还在犹豫不决，比如我。其实选择有很多，伙伴也能找到不少，而后备方案是大不了哪里都不去，留在雷恩修心养性也挺好。

基于这样的 Plan B，我对假期抱有一种不急不忙的态度。虽然临近的时间在缩短，出行的费用在不断上涨，但除了这个原因，我真的想不出还有什么值得担心的了。我怕过早做的计划到最终会变质，也怕选择了不适合自己的路线，所以尽量跟着心中的感觉走。我不是一个行动至上的人，而是一个容易情绪波动的人，非常注重心中真实的情感体验。

我也对好几个朋友的计划产生过兴趣。基于我还不算是特别的让人讨厌，他们很乐意让我加入，兴致勃勃地分享他们的计划。但不知道出于何种原因，最终面对这些美好的计划，我还是踌躇不定。

一天课余，爱德华跟我说起他与蒂娜、乔什对即将到来的几天小假期的计划——他们即将前往波尔多和阿卡雄小玩几天。当时我觉得这个想法极佳，便在十一月初与他们一同前往。到了中旬，他们对圣诞假期的旅行也悄悄生成了计划。爱德华问我怎么过，我告诉他还在犹豫，他就给我描绘了他们的路线，并邀我一起。当时我也不知道为什么，二话没说就答应了。尽管之后曾为脱口而出的决定有过轻微的犹豫,但最终还是加入了他们。

"与你无缘的人,你与他说话再多也是废话。与你有缘的人,你的存在就能警醒他所有的感觉。"这句话我不知道是不是佛说的,但此时的感觉正是如此。

我非常害怕在旅行中选择了不适合的伙伴,都说旅行重要的不是去哪里,而是与谁一起。作出决定以后,我就知道其实自己的犹豫归根到底是因为在等一种缘。我自觉幸运,这个决定让我整个旅途都与自己喜欢的朋友相伴。这三个旅行伙伴身上有我欣赏的种种,来自台湾的蒂娜和乔什身上带有纯净直白的几米式气质,而爱德华是一个美男。我有充分的理由相信,这次旅行会很愉快。

3
/

随着出发日期的临近,我开始越发憧憬。

由于过去从来没有持续旅行一个月的经历,我在行李的选择上遇到了困难。自己不是那种说走就走的潇洒女子,也不是背个背包就能走遍天下的汉子,我对生活有着一种恒定的要求，干净的衣服，按次序使用护肤品，每天早上画一个淡妆更是能唤醒我一天的活力。舒适的鞋子也非常必要，最好便于搭配不同的衣服。不好意思，这听起来有点老派，不够潇洒，不够放浪不羁，但这就是我真实的声音。

我们应当对美心存敬畏，保持真诚的姿态，让自己尽量地与美靠近一点。

旅行对我而言，不是一个终点，不是一次冒险，而是一件自然而然发生的事。我知道日后还会一直在路上，所以没有抱着那种趁年轻疯一把的想法，也并不想要矫情地做出什么惊天动地的事情。我希望能带着一颗平静而纯粹的心，静静感受沿途的一切，不刻意给别人制造新闻，也不刻意给自己制造困难。

收拾行李时，听着夏洛特·甘斯布的音乐，心情是平静而耐心的。我喜欢这样的前奏，预示着岁月安好。对于这次行走，我已经储足能量。

这是一段美好的光阴，爱在欧洲旅行中。

于是我写下这本书，献给愉悦，献给爱和时光。

CHAPTER 1 — 里昂·安纳西

缓慢的开端

Adagio Prelude

A
Long Journey
in
Europe

//

1

/

这个清早,我完全没有赖床的心思。

我的房间向东,视野开阔,有一面落地窗,晴天破云而出的阳光是最佳的唤醒方式,日光从阳台蔓延进来,地板、书桌、植物、衣柜、枕头,直到脸上,房间里镀上了一层初生的光芒。从阳台看出去是一道道铁轨和一座座低矮的房子,雷恩的火车站就在旁边,在四楼张望远方视线无阻。远处有很多教堂,分布在各个方位,中午时分,钟声在这个小城的半空中此起彼伏。视线那么远,直到天边,我在这个阳台遇见过好多次巨大的横跨天空的彩虹、一大片绚烂的火烧云,或是万里无云的碧蓝色天空。

今天是晴天。十二月二十一日的早晨。昨晚收拾好的行李箱令人信赖地立在一旁，被跳动的细微尘埃环绕。我养的小猫好像感觉到了什么，一整天都赖在床上观察着我。他叫香波，两个月大时就来到我身边，在我们相处的为数不多的这几个月里，他迅速地长大，成为一只温顺的小家猫，还学会几分小狗那样忠心耿耿的性格。想到要跟他分离一个月，很是不舍。与我同住的艾丽莎是个善良稳重的姑娘，当时小猫来我们家那一天，她正在香波堡，所以就替小猫以此取名。

通往里昂的列车在傍晚开出。我出门走几步就能到达雷恩火车站。雷恩这个小城市的火车站虽然不古老，但干净利落，前来乘坐高速列车的人们衣着整齐，颇有风度。在欧洲的许多城市，火车站里都会摆放一台钢琴，那些钢琴很少会被冷落一边，即兴一曲的人络绎不绝。那些钢琴长有流浪的灵魂，从一个地方旅行到另一个地

A
Long Journey
in
Europe

方,阅过无数路人。我提前出门,为了能遇见动听的琴声。

今天,棕色的霍夫曼钢琴四周围满了听众,一位清瘦的法国男子此刻正在弹琴。我叫不出这首古典乐曲的名字,他长着维塔斯(俄罗斯歌手)那样妩媚瘦长的脸,右手无名指戴了一枚戒指,穿着一件暗色的长风衣和旧皮鞋,显得遗世独立。他越弹越投入,后来一边弹一边唱,那歌喉有几分歌剧名伶的味道。我感到毛孔都张开了,耳根听得酥软酥软的。

我就这样撑在行李箱上听了一会这场出色的弹奏,等待我的旅行同伴们到来。直到列车的出发时刻即将到达,才依依不舍地离开。

就这样,我们开始了为期一个月的欧洲之旅。

2
/

列车在夜晚抵达里昂,天已经黑下来,看不到窗外的景色,一路上我毫无睡意,在座位上读徐志摩的《巴黎的鳞爪》。坦白说,我到法国的这半年还没到过巴黎,她是如谜一样的存在,在心中神圣无比。我被与这个城市之间的距离感产生的美所吸引。

对一个地方的新鲜感总是那么短暂,慢慢地法国许多城市都显现出种种相似之处,初见的喜出望外越来越少。当然巴黎除外,所有人都说她与众不同,有人狂恋她,也有人讨厌她,但没有人否认她的独一无二。她仿佛无处不在,到达里昂的第二天,我们在地铁站取了一张地图,离开后总觉得不对劲,仔细一看,才发现那竟然是巴黎的地图。

A Long Journey in Europe

　　里昂就像是一道口味清淡的前菜，让我们旅行的开端显得非常缓慢。真不敢相信旅途已经开始，我还需要一点时间适应在路上的感觉。我很早就起了床，为了有时间梳妆打扮，又不至于让同行的小伙伴们等待太久。每天起床收拾利落，方能感觉这一天得以愉快地开始。

　　走在里昂的大街上，空气中充满冬季的气息。法国梧桐掉光了叶子，露出灰白色的身躯，在碧蓝的天空下站立成随意的姿态。罗纳河波光粼粼，而我在冷风中瑟瑟发抖。岸边栖息的鸟儿，欢快地玩着集体飞行降落的游戏。走过古老的桥，来到热闹的商业街，露天咖啡馆围上挡风的透明帘帐，里面生起一簇簇细长的火焰，供人取暖。世界各地的商圈都大同小异，法国也不例外，每个商圈都被那几个正当红的品牌占据着视线。当然，这里是以法国本土品牌为主，这个国家的人们似乎已经认定"法兰西"是最好的时尚代名词。

为了看到更多的美景，大量的徒步行走充满了我们的旅程，脚步让我们把能记得的风景都记在了心里。

下午，我们穿过填满红色土壤的白莱果广场，而后坐缆车到达山顶的圣母院。在富维耶山丘上的圣母院有着繁复而梦幻的装饰，蓝紫与红橙的交汇尽显女神之柔美。金色颜料透露出中世纪的意味，在壁画上搭配祖母绿与珊瑚红，充满隐喻与神秘感。有个角落正在修葺，我在长椅上坐了一会。光穿过彩绘玻璃窗，形成神奇的七色光斑，投在身上像是来自神的力量。

厚重的大理石地面上，脚步静悄悄的，鲜有回音。在欧洲的时光，每当我走进宗教相关的建筑中，总希望能安静地停留一阵子，渴望去感知点什么。为了理解，我还把《圣经》听了好几遍。我一直相信，人类是需要宗教的。宗教不是枷锁、禁锢，也不是自由的反面。

A
Long Journey
in
Europe

说起宗教,我不能不想起《少年派的奇幻漂流》,里面关于动物与宗教的相似处境让我印象深刻——

人们总喜欢意淫动物在野外美好高贵的生活。但可怜的动物被邪恶的人类关进动物园,它们想尽一切办法获得自由,却最终渐渐丧失了精神与勇气。事实上,动物的地盘意识很强烈,渴望稳定与安全,一个好的动物园就像是动物与人之间达成的一个和平外交协议,动物用自己的方式把居所划归己有,而人类用障碍物来告诉它们这是合理的地盘,从而达到让双方都满意的结果,让彼此心情平静,不需互相攻击。

关于自由,当今有太多过于膨胀的言论。许多人活在对自由不切实际的幻想中,忽略了这是一种相对存在的现象。自由是从生活的土壤里开出的花朵,根系连通着大地。即便是蒲公英,经过一段自由飞行以后终究会回归土里。万物都无法脱离生命恒定的规律,即便是在追寻自由的途中。同样的,一个在精神上无根基可循的人,是不可能获得精神的自由的,只能随着眼前的事物变换观点,永远被物质牵着走。

所以人需要宗教,需要精神上的一个支点。我所理解的宗教,当然不再是过往充满统治色彩的那种存在,而是一种有思路可循的信仰,可能来源于音律、艺术、文学等,可能来源于家族的精神,当然,它也仍然可以是基于基督教、佛教等传统宗教。宗教的存在能让人维持适度的理性,带来精神的安全感,让人在现实处境中保持风度和作为人的尊严,即使是在落入失衡的极端情况中。

在山丘上俯瞰里昂,强烈的欧洲城市的气息扑面而来。罗纳河两岸的房子,带着朱红色的屋顶,已存在有数百年。广场上的摩天轮,路易国王的雕像,法国城市特有的元素在远处依稀可辨。本想在山上的露天咖啡馆喝杯咖啡，然而天气太冷，只好作罢。我们步行下山，前往老城，但山路通往各个方向，我们迷路了，好不容易折返了几个斜坡，终于寻得正道，此时，太阳落山，天已经变为深蓝，像是上帝深邃的眼睛。也许由于天冷的缘故，夜幕下的老城没有想象中的熙熙攘攘。

我们在一家老旧的餐馆中用了餐，感觉双脚疲累至极，可接下来还是去了富维耶山看里昂的夜景。

温度让人不宜在户外久留，尽管我贪恋夜色。还未在旅行中摸索到舒适的状态，天气与沟通都是旅行中容易遇到的问题。习惯了一个人平淡的生活，这旅行中突如其来的陪伴让人有点不适应。

里昂这个安静的开端匆匆地结束了，我们还是错过了壁画和一些感动。

3
/

翌日清晨，我们乘上了前往安纳西的列车。曾听许多人说这片山水混合了法国与瑞士的气质，格外柔美。列车一路上驶过几片森林，大片的金黄色树木和空灵的山谷将人治愈，还有淡蓝的天与冬日透明的阳光。

安纳西的名字饱含湿润的意味，温柔、细腻、汇聚。这个靠近瑞士的法国小城，被山丘环绕着，是碧青的、翠黛的，布满河流，白天鹅从河心飘过，与小船的轨迹交汇，柔滑的水痕像竖琴的乐声，让桥上的行人频频驻足。这里有一座著名的灰色石头建筑，建在江中央，竟是一处女子监狱，苍劲的老树从高墙中探出，小铁窗像是严厉的眼睛，给这个湿润的地方增添了几分沉默。

临近圣诞,河岸有热闹的节日集市,一位着绿色衣服的圣诞老人正摇着音乐盒子,上面睡着一只巨型的老猫,胡须和尾巴都很长,好像已经没有了跳跃的能量和一切的好奇心,事不关己地沉睡在圣诞乐曲中。他们每天站在同样的石桥上做着同样的事,面对着不同的人,而他们见过的这些不同的人里面,甚至有不曾相识或即将相识的我们。

世界那样小,又那样奇妙。

山上的安纳西博物馆城堡在下午时有淡雅的光线,从方格窗那模糊的厚玻璃中透进室内,凹凸不平的墙上镀上了一层怀旧的颜色。城堡的一个大厅里有小舞台,上面摆放着一架古老的三角钢琴,仿佛这里曾经有过舞会、华服和欢声笑语。旋转的石阶投进几片方块状的阳光,我仿佛能听到石头在低声诉说。走进城堡的后花园,从高处往下看,朱红的屋顶延伸到视线尽头的山脚下,远处傲娇的山峰有白莹莹的雪顶，不禁使人想到《阿尔卑斯山的少女》。

如安纳西这般美丽的法国小镇，我也只是路过，没有过久地停留。幸亏是旅行，没有纷扰与负担，心是轻盈的。午后，坐在湖边，背对一个小公园，看着那些遛狗和散步的悠闲的人们。

越过这湖，翻过这山，就到了瑞士边境。难怪安纳西带着那种清澈而纯美的气质，好似瑞士的一个影子。

我的旅行伙伴们言语不多，非常安静，契合此情此景，只需用心感受属于自己的一切。

入黑时，天下起了鹅毛细雨，湿滑的小街布满灯影，想起"天街小雨润如酥"，带有春天的感觉。这大概就是中式情结吧。亦是因由想起了那首《春夜喜雨》，细腻而轻柔的感觉如"随风潜入夜，润物细无声"。走过拱桥，看到小船中的点点明灯，心中又记起"野径云俱黑，江船火独明"。不不，我并非有乡愁，也没有法国人所说的那种 Nostalgie。

只是陶醉，只是在审美，这是没有国界的事。

CHAPTER 2 - 复纳·尼斯

薄荷海

Mint Ocean

A
Long Journey
in
Europe

(上)   // 1 /

错过了里昂的壁画,来戛纳这天很是忧伤。

我们是在午后抵达的,旅馆在繁华的街上,那扇丝毫不显眼的门让我们找了很久,房间在顶楼,灰蓝色调,整洁宽敞,屋顶有天光小窗,下雨时雨滴噼里啪啦,让人暗暗感觉到逐梦的焦灼。兴许在这个海滨小城的电影节期间,这个房间还住过不知名的小角色。

十二月的天,还没有碰触到一丝阳光,就暗了下来。因为想看的风景不同,我们分成了两组——我与爱德华、蒂娜与乔什。

下午六点多钟的海,沾染了墨鱼悲伤的眼泪,一片漆黑。沙滩借了路灯的光,像暗黄的麻酥,投下的长影子倒是很清晰。多么安静,沙沙的浪声一阵接一阵。在戛纳期间,我们做的最多的事情就是沿着海边散步。戛纳的白日是一个明亮的梦,入夜后则是一个充满声色的天堂。第一天晚上,我亲爱的旅行小伙伴爱德华,你无意中说了一句伤害我的话。你觉得自己做错了,太轻易地来到戛纳,不够郑重。我听出这句话的意味,倍感失落。我感觉自己成了无关紧要的角色,让人感到勉强。游艇密密麻麻地泊在码头,远处的海岸华灯初上,然而我心里想着的是人鱼的故事,所以并没有觉得特别伤心。

　　在海边走了一阵,海岸越来越冷清,我们决定返回繁华的街市中。不知道为什么,这一天,我们都很孤独。然而彼此却无法安慰,也无法给对方一个拥抱,只能不停地说话,尽量不撒谎。看过街上的一些小画廊,也端详了一下路边停着的罕见的跑车,奢侈品大街上剔透的橱窗面向海边,更像风景,不像商店。

戛纳从来不掩饰金钱、名利与美好事物的关联,精致的商品散发着迷人的气息,一己私欲是一种力量。

我与爱德华兜兜转转走过几条街,又重新回到海边,戛纳就是这么小。这次看到很多蓝色的椅子,南法的冷还在可以接受的范围,于是我们坐在海边聊天。怎么这样不小心,轻易地把秘密说了出来,你此刻信任的人以后也一直忠心耿耿陪伴你吗?那可不一定,但此刻又有什么关系,为了不让这个如水的夜晚更糟糕,我决定把我那有趣的辛酸史都说出来,祈求换来一点爱意。那些话我不会告诉别人,真的,我也不会说一句让人不舒服的评论,我会默默地听,认可这个晚上说的一切。我们说啊说,把那些以往的故事都抖出来,把灰色的孩提时代都亮出来,把爸妈的情书都翻了出来。

说累了之后，我们往回走。路过丽兹·卡尔顿酒店，我们愉快地决定进去吃晚餐。说真的，这个地方很理想，符合我对戛纳的期许，也符合我的审美。然而我不饿，只想喝酒，顺便吃了个柠檬派，贴心的服务生推荐了不昂贵但可口的酒，让我感觉舒适。我把围巾放下来，变成披肩，看起来会优雅一些。你说浑身不自在，因为在一个舒适的地方没有穿上喜欢的衣服，是一件糟糕的事情，我便安慰你说不要紧，然而我安慰的话语说得很笨拙，你的感觉还是没有变好。白色桌布上放着尚有生命气息的红玫瑰，喝了一瓶白葡萄酒，味道有春天的芬芳，我十分喜欢。

有一点点微醺，但我还是很清醒，而后感到戛纳这个小地方，竟然如此美好。

2

/

这里是戛纳,我早就知道。出发前我已经知道我会来到这里,坐上列车时我知道我会来到这里,列车靠站时我看到了玛丽莲·梦露的碳素壁画,根本没有怀疑过这里是戛纳。藐视众生的表情,半张的双唇,左脸颊上骄傲的美人痣,圆滑的香肩……这个银幕上的黄金女郎,满身都是缺点,有人真的深爱她吗?这个十分有名的海滨小城,像是她脸上的那颗美人痣。

灰色的天空让我想起了 Kate St.John 的 *Paris Skies*。这样的天适合跟这样的旋律永远在一起,我固执地把它们视为一体。这个白昼根本不像白昼,浓重的云层挡住了许多的天光,感动可以偷偷地进行,整个小城都很静谧,不会有人干扰你的情绪。

我可能爱你，也可能不爱你，但不要紧，这是不需要明了的事。我们向山上的城堡出发，在斜坡上奔跑让我重返了童年。猎奇的心总是连系着远处的暗色古堡，儿时看过的有关女巫与公主的动画片此刻有了真实的场景。我们两个人，在小路上上坡下坡，前前后后，摆夸张的动作，拍难看的照片，十分快乐。

阴雨天气持续了很久，每个脚步都是潮湿的，雨中的海，乌云下的海，远看像极了冰凉的薄荷色的宝石。我站在高处，抚摸锈迹斑斑的城墙，手上满是水与泥，我在身后偷偷往你身上的衣服抹了几下，装作什么都没发生，没有暴露我的野性。

海岸是那样干脆利落，一点也不曲折；山的层次亦是那么温和，一点也不突兀。我们此刻有什么伤心的必要呢？

投了一块硬币到望远镜里,用手托起沉重的家伙眯着眼睛看,以为能看到些什么,其实什么都没有看到,不比肉眼强多少,凭想象就该知道会是这样,又不是要画写实的画,游艇与岩石的细节根本没必要知道。

今晚就是平安夜了,城堡都关了门,我们只好在花园和山坡上停留,在小城之间穿梭。我忽然看到在远山上的一座神奇建筑,正是我心目中的破败的古堡模样,于是我手指一点,我们就决定前往那里。这大概是今天最快乐的一刻了——我说我要去那里,你说好。

我们抱怨手中的折叠伞不好看,怀念留在国内的直伞,只有直伞才有别致的优雅。又一次与你极有共鸣,天知道此刻我感觉多么好。

此刻是下午三四点钟的光景,十二月的末尾,不是难熬的失眠的凌晨,也不是茫然失措的清晨。

戛纳只有一点点冷,马路很陡,我竟然穿了很高的鞋子却不觉得累,大概走了太多路,鞋子已经长成了我双脚的形状。我在加油站找洗手间,那个售货员竟然把一串钥匙递给我,告诉我出门左拐。我一边走一边端详那串钥匙,上面甚至还有一把雷诺车的钥匙。你在马路对面打电话,我想跟你分享这串钥匙的故事和我心中冒出来的邪恶的逃逸念头。不一会儿,你也过来了,那个售货员那么善良,竟然和我笑眯眯地讲英文,不像一位法国人。

我们还差一点就到山上那栋老旧的古堡了,拐过一个弯路,继续往前,看到了珍奇的植物,长着热带的气质,站在山壁上。你此时又告诉我一个秘密,其实也不算什么秘密,是关于你参加过的一个葬礼,关于两个家庭的情谊,是的,你的家庭。我知道这种事你不会随意跟别人说，此刻我是个值得你信任的幸运儿。我很高兴，心中有了一个自私的想法——希望你手机的电池耗光，只剩下我和你。

原来那不是什么古堡，只是一栋年久失修的巨大老建筑。我相信它曾经隶属于某个显赫的家族，然而如今已经失去了传承，甚至分隔了很多房间出租给别人。此时铁门紧锁着，那是一扇敷衍的门，丝毫不庄严。我带着轻微的失望，也只好如此离去，决定返回海边。

海，薄荷色的海，就在眼前。我们走在沙滩上，上面有风化的贝壳、黑色的枯枝，还有单只的鞋子。海浪总是想要来侵犯我们的脚，我只好躲着它，在沙滩上留下一串串足印，沙子跑进鞋子里。我的丝袜破了，心里暗暗庆幸找到了一个把它扔掉的理由。

在礁石群的海岸处停下，我们都想坐下来。你问我介不介意你抽根烟，我说我很喜欢烟丝的气味。我把手包随便一扔，爬上礁石。一对在海边跑步的父女走过来告诉我们，要注意财物安全，他说："这里是法国，不是中国，没那么安全。"我们都被他的言辞惊呆了，他说他在上海的郊外居住过几年，他家的门常常不上锁，我不好意思纠正他的想法，只好连声道谢。我让他帮我们拍张合影，你却有点勉强，于是后来这张照片我保存了下来，没有发给你。因为你的勉强把它注入了意念，使事情糟糕了一点。父女离去后，我坐在一块舒适的礁石上，枣红色的长披肩此时非常适宜，我随意一搁，它就把我温柔地盖住，包括双脚。你帮我拍了一张照片，那大概是你帮我拍的最好的照片了，我把它命名为"礁石上的美人鱼"。

我根本不敢相信，照片里那个好看的人竟然是我自己。

A Long Journey in Europe

3
/

我亲爱的朋友，你还记得波尔多和阿卡雄吗？波尔多我已经不太记得，我们根本没有好好欣赏那个城市，还没有资格谈论它。而阿卡雄的大海，还深深留在我记忆中。我现在依旧对大海有着深深的迷恋，儿时光怪陆离的童话故事驻扎在心中，从此变成一个结，只要说起大海，我就有不顾一切的念头和冲动。当然不是什么危险的念头，那更接近于爱的情愫，海对于我来说真的是一个诱惑。

下雨的阿卡雄，和此时的气氛有点相似。但此刻的戛纳风平浪静，而我们在阿卡雄却要翻山越岭。我还记得我的那双红色的雨靴，不知为何，我很难买到舒适的鞋子——鱼生活在水中本来就不应该有脚。阿卡雄的雨下得真大，风呼啸而过，本来就凌乱的发丝此时张牙舞爪。我也不在意，眼前的森林、海洋和沙漠竟然汇集在一起，不知道谁在吞噬谁。自然或是人类，都有着彼此侵略的本质。

我们淋着雨费了好大劲才爬上沙漠，而后又急急地随着下坡路奔到海岸。那是十一月，海的温度有点冰凉，然而我在海边玩疯了，把鞋子与裤袜脱掉，光着脚跳进浪花中。

年轻是一瞬间的事情，十八岁不代表很年轻，如果心中只有那些沉重的乱念的话。我见过很多人，那些生命的玩家，他们活了不少的时日，脸上都长出了褶皱，却仍然快活得像孩子一样，知道的新东西比我还多，我觉得他们年轻极了。别以为上帝那么肤浅，用年龄这种直白的方式去衡量年轻与苍老。上帝的评估来得智慧得多，关键是给了人类自由的选项，让他们自己决定要苍老地活着抑或是永远青春。

阿卡雄的记忆多么美好,那时我们疯了一样奔向大海,我的毛呢大衣和内裤都被海水浸湿。而后,我们还兴奋地跑去海边的餐馆,吃海鲜,喝白葡萄酒。那个时候也是四五个人,几乎是同样的小伙伴,当时我们都还不太熟。我不知道你们感觉怎么样,但对于我来说,这丝毫不影响路上的快乐心情。我不喜欢研究人与人的关系,只喜欢记住那"照亮彼此的一瞬间"。轻盈的感觉与一瞬间的共鸣都是短暂的奢侈品,如同爱的火花与性的高潮一样。幸亏它们都是一闪而过的流星,要不然珍贵的意义就被埋没了。

一吨玫瑰花中最稀罕的只有那一滴精油,茫茫人海中唯一能让人着迷的,也只有心中那个人。

这个沙滩竟然是《将爱》的拍摄地。这部电影真是一个美好的记忆啊！列车前往阿卡雄时，我真的无法相信自己竟然来到了这里。

我记得看这部电影时是二十岁生日那天，一个很喜欢的男生特意从 D 市赶过来给我庆生。那是个阴天，没有好听的音乐会，美术馆也没有开门，然而我满心欢喜。我记不得那个夜晚是怎么结束的了，反正我们的爱情故事只留在幻想中，没有再多的情节。后来我还把那天的电影票像照片一样塑封起来，塑封的热度让电影票瞬间变黑，字迹已看不到，我感到特别伤心。过了很久，它却慢慢变回原样，黑色褪去，字迹重现，像是奇迹一般。但那个男生却早已离开我的生活，工作、结婚、生子。世界变得真快，谁也来不及等待。

我究竟有过多少这种看上去很柏拉图的恋情？只是美好地观望着，就像《秒速五厘米》所说的那种永恒。是不是永恒，我不知道，至少记忆很美好——尽管也许只是一个人的独舞。

关于波尔多,我只记得摩天轮。那是我迄今唯一一次坐摩天轮。我不知道半空中那么冷,也不知道世界换了一个高度会变得那么空旷。地面上真是拥挤,然而星罗棋布很好看,我觉得一定要跟一个让自己安心的人去坐摩天轮。天空上的气温是无法抵御的寒,会让人落泪。所以摩天轮不该和初恋来坐,不该和不爱你的人来坐,因为他们会把气温调得更低,让你在半空中冷却、破碎,失去平衡。

4
/

这晚是平安夜。街上依然有街头艺人在弹奏我叫不上名字的乐器,有人恶俗地要求他弹奏圣诞乐曲,我却丝毫不希望勉强他,他弹什么都可以,最好弹他自己喜欢的，音乐在空旷的街上已经弥足珍贵。我们四人在一家中国人开的日本料理店吃平安夜的晚餐，那是一个中国家庭经营的寿司店，他们一家老小也在店里过节。我一整天心情都很好，每一件事都为我而来，大海、阴天、晚餐，没有什么可以挑剔的了。

这是我在国外过的第一个平安夜。我们回到那个天光小阁楼里，交换了地狱与天堂的礼物。之前我们花了一些时间去挑选礼物，但我带着恶作剧的心态，我的两样礼物都像是来自地狱的。气氛其实并不是特别愉悦，大家好像都不太爱说话，我只好说我童年的糗事，一边可以炫耀光辉的童年，一边可以让他们当作趣闻。我想这几个小伙伴都十分善良，但偶尔会倔强而已。我得到了最天堂的天堂礼物和最天堂的地狱礼物，上帝太爱我，在所有的小事上。

真不愿就这样离开戛纳，南法的风情如阿涅斯·瓦尔达在一九五八年的短片《走近蓝色海岸》所说的"这一切都是错觉",它从不属于人类,但人们都深深地记挂这个上锁的天堂。

第二天的列车很早就要开出,这晚我们凌晨才肯睡去。走了一天的路,其实非常累,我很快就进入了睡眠。我不知道这次旅途会如何让人惦记,或许对于不同的人来说,这不一定会是最好的回忆。因为大部分人并不珍视这样的经历,走过的路仅仅留下几张照片作为谈资就罢了,总是喜欢把注意力集中在情绪上,用沉默来表达在乎。当下如若苦涩,时日会帮你酝酿成酒,至于是否选择宽容过往的酸楚,也只是极其个人的事,与别人无关。然而,当时我没有想过的问题是,如果人与人之间的沉默超过了某个期限,是不是就再也回不到彼此的身边了呢?

下　　　　　// 1 /

"我记不得维也纳,除了你,阿丽思;我想不起弗兰克府,除了你,桃乐斯。"我常常想起这几句徐氏情诗。这首《给》,像一首浪漫曲,里面藏满了玫瑰色的女人名字。每个城市都不过是过眼云烟,唯独念着当中那个"她"。

只感性地通过韵律和遣词,我是这样理解的。也许一经推敲,就不是这样的意味了。对于徐氏的诗,我一直都坚持感觉足矣,浪漫一旦说得太明白,就变成了写实主义。我愿意把爱画成只有光影没有轮廓的画,那么留在记忆中的就全是那些熠熠生辉的印象了,我的轮廓不会碰伤你,你的边界亦不会勒紧我。

A
Long Journey
in
Europe

尼斯,尼斯。这个人人都说美的海滨之城,此刻被南法的雨水浇灌着,像一条吸足了水的丝巾,软软地贴在海边,布满潮湿的褶皱。

这是圣诞夜,一个安静得让天使惆怅的夜,又只剩下我们两个。我们撑着一把弱不禁风的伞,走在湿漉漉的石头大街上。命运的书是怎么写的,为什么要把我们扔在南法这个湿漉漉的角落里?我喜欢雨,我当然喜欢雨,这个城因为这场雨变得那么别致。光影都支离破碎了,色彩也是混混糊糊的,上帝画这一幕的时候吸食了大麻和致幻药,还咕噜咕噜喝了酒,变成一个天才画家。雨让我们的对话变得艰难,但感觉却异常灵敏,我觉得此刻我们的心很靠近,共同与这场雨搏斗。雨困住了我们,此刻我们能做的只有彼此搀扶。有一刻我害怕它停止,因为我不确定雨停了以后我们是否还有现在这么纯粹的联结。

我很珍视这样的时刻,因为我很久没有这样与另一颗心灵接近过了。但我也充分知道你不会与我有同样的心思。因为你的荷尔蒙决定了你要征服和占领,而不是厮守。这种糟糕的天气让你觉得失去骄傲,也失去狮子般的闪耀。厮守这种情感,也许等你老了才会知道吧。厮守是一种退让,有些人一辈子都在逃避。年轻气盛的你只想体面地活着,不必厮守,也不必患难与共,只管吹起一个又一个美丽的泡沫,让心仪的人住进去。

在尼斯的几天,我们住在一栋老建筑的公寓中。墙壁的镜子、东方韵味的屏风和摇椅,还有过廊处破旧的钢琴,都仿佛带着灵性,隐隐约约地透露着漫长时光中各种故事的踪迹。这就是我们度过圣诞的地方。

这多么像一场电影,一场关于梦想与生活的电影,像《蒂凡尼的早餐》中那种新古典式的公寓场景,住满了追寻梦想的人，公寓来来回回不知道已经住过多少房客，又有多少人从年少到年老，从落魄到光彩，跌跌宕宕，醉生梦死。住满螨虫的潮湿的帷幔上无意记载了眼泪、手心的汗和被撕扯下的线头，年月这样跑啊跑，有多少梦想长出翅膀飞上天空，又有多少梦想坠落破碎。梦想最美的化身是那位擦肩而过的优雅纤瘦的老奶奶，长满褶皱的小脸上依旧带着精致的妆容和淡定的笑容，那种骄傲不容岁月侵犯，亦不畏死亡靠近，美丽长存。我怎能扮作不图名利，扮作不屑荣华，扮作毫不虚荣，我无法故作淡定，颤抖的双手早已出卖了我，我多么想拥抱一个极其浮华的梦境。我灼热地渴求，我承认我所有真实的欲望。

梦想与爱都是世上绝美之物，值得生命为之粉身碎骨。

海岸布满了鹅卵石，没有柔软的沙子。脚底下是石头的质感，耳边是浪花的沙沙声，海的温柔声息与石头的刚硬力量，这种矛盾的感觉让人格外纵情。海是那么蓝那么蓝，像金丝猫一样的东欧人的眼睛，像希腊神话中的维纳斯透明的裙子。此刻，我若是一尾鱼，会很幸福。但我穿着高跟的靴子，提着包包，带着羊毛手套，此刻只能是一个受到限制的人类。我遵循着世界的审美与规则，做着合理而冷静的决定，站在海边，无法在这个十二月的海边撒野狂欢。

我喜欢海，保持着距离。很小的时候，赤裸着身子在海边奔跑，我也不知道爸妈是怎么想的，为什么让女儿的成长带上那么野性的元素。他们给我拍了很多照片，照片中那个瘦瘦丑丑的小孩像个男生，对着镜头好像永远不会笑，总是安静地观察着这个世界。这个小哲学家，脑袋中装着那么多的奇思妙想和怪诞情感，活在她抽象的世界中。

A
Long Journey
in
Europe

2
/

恋上一座城真的需要一个人?

我们的生命有时那么孤独,总是期望有重要的人能参与其中,成就故事。

我们的生命不单属于我们自己,时而渴望着分享,又害怕被掠夺。

我预感,这辈子我会去很多很多地方,也会遇见很多很多人。我会一辈子活在爱情的光辉中。那像是月色一样皎洁的光,是氧气,是红酒,让我活着,让我心跳加速,让我暖和。如果纯粹是爱统治了这个世界,为什么需要权利与野心,战争当然没有必要,人们懒惰而安和，做着善意的事。然而人性中不止有善意，也有比兽性更可怕的恶意。总有人从不承认或永远质疑爱的本质，好斗，让欲望爆发，摧毁着一切。灾难后人们又开始在废墟中寻找新的寄托与信仰，我也不知道世界会不会更好，但一切悲喜交汇地轮回发生。爱是饱满的，但总不能是全部，上帝不希望人类为唯一的事物而活，而希望这个世界生生不息，希望万物循着线索找到新的密码。

向前滚动的时间轴带着疼痛的毁灭与重生，我们都身在其中。

我呼吸着这个城市的味道，雨、泥土、肥皂、可丽饼……好不容易平复下来的心，又因为乱生的爱意而失去平衡。海的故事那么绵长，似是阵阵浪声，此起彼伏，从不间断。

安静的夜，孤独的夜，星象缭乱的夜。

天气那么冷,这个城市的摩天轮应该结冰了吧,然而在灯火阑珊处,还看到它在缓缓转动。没有人愿意再陪我上去一趟,冷冷湿湿的天就应该留在地面上,不要冒险冲上云端。也不要弹奏牙齿松动的钢琴,高贵的双手不应该随意献给断续的乐章。

不应记挂不成形的故事,不应思念过客,不应徘徊在危险的胡同中。

我们在城里兜兜转转,在寒风中走了一圈又一圈,终究把它的脉络抚摸了一下。小酒馆里有喝醉的北欧夫妇,他们跑过来跟我们聊天,差一点跳起舞来。圣托里尼的酒是那样刚烈,只消一小口,脸就滚烫得像发烧一样。烈酒对付寒冷很有办法,像是高傲对抗轻蔑一样有效。

@威尼斯

当你变成了真正的「**火焰**」,

当有人「**庇护**」你免受风的侵害,

当风也无法「**熄灭**」你,

「**你**」就成了明亮的焦点,

照亮四处的漆黑,成为「**信仰**」。

@威尼斯

直到爱抵达一定的「**深度**」,

被爱与爱的「**界限**」才不会那么明晰……

@威尼斯

这一出生命的「戏」,

都是细密的「变数」,

「线索」被缝纫在一针一脚中,

很多时候我们根本「觉察」不了。

地上的水泊如「**镜面**」一般，
此刻只剩下蓝天的「**倒影**」。
「**钟楼**」上的天文钟盘跟天空的颜色一样，
我是多么喜爱镶嵌着的那些星座的华丽「**符号**」。

@威尼斯

@慕尼黑

「落日」余晖下,
我看着「周遭」的马车、湖泊和白桦林,
并不感觉「忧伤」。

@慕尼黑

我突然希望自己对命运「**贪婪**」一些、狠一些,

我突然希望自己想「**哭**」就放声地哭,

想要「**无所顾忌**」地笑就尽管笑,

我不再想要那么多的禁忌、拘束与「**规则**」。

@布拉格

这是一个「**捉摸**」不透的城。
它从来没有被「**摧毁**」过,
保留了所有的「**线索**」,
随着「**时间**」的叠加,越发深不可测。

@布拉格

每个「**角度**」都是一幅过于美好的画面，

怎么看都看「**不够**」，

快门的记录只是一种「**退**」而求其次的方式。

꽃보다 바게뜨

유럽 장기여행

A.
Long Journey
in
Europe

CHAPTER 3 朱迪

别人的故事

Someone Else's Story

A
Long Journey
in
Europe

//
1
 /

艾曼给我发来信息,说他已经到达米兰火车站的月台,在等着我们。

出游至今,仅有的几个晴天,几乎都在列车上度过的。风和日丽的下午,列车沿着海岸的轨道摇摇晃晃地滑过,我听见轮子与铁轨互相亲吻的声音。远去的尼斯终于停止了哭泣,变成一位晒着日光浴的金发女郎,蔚蓝色海岸泊满游艇的码头,棕榈树的倒影衬托着浪花上的白色别墅,我借奥黛丽·塔图的《真爱无价》(*Hors de Prix*)来告别。十二月的风在列车外呼啸,夜晚降临,电影结束时列车靠站,我在一路摇晃中感觉到轻微的晕眩。

艾曼是我人生的一个意外。我八月刚到法国时，他在我所在的城市拜访朋友，拿着相机四处游荡，在家乐福超市里遇到了一句法语也不会的我，并帮助我挑选了一袋红萝卜，告别后他又返回我面前，找了一张纸把他的 Facebook 地址和欧洲的航空网站写给我，告诉我在欧洲要到处走走。九月我们聊绘画，十月我们聊旅行，十一月我们聊摄影，十二月我带着朋友来到他所在的城市。事实上，我只在超市里见过他一次，印象中的他又高又瘦，有阿德里安·布劳迪那样的鼻子，是个热情而幽默的意大利男人。我知道世界很小，人们很容易遇到，但每次谈起我们认识的场景，还是觉得非常不可思议。

在我来法国之前，一位老师告诉过我，意大利与世界上所有的地方都不一样。我对她的话并没有很在意，那时我从未踏足过欧洲，心中充满了对名扬四海的法兰西的向往。后来我才发现，法国更像是一个柔美的女人，清新、姣好，而又文雅。而意大利则是充满雄性气质的华丽，有着强劲的臂弯和绝美的轮廓，健硕的血管在健康的肤色下清晰可见……所有的所有，充满男性荷尔蒙的气味。从米兰的火车站一走出来，看到那宏伟的建筑时，那样的感觉就充斥着我的内心。

我的意大利朋友，与我印象中的模样丝毫未变。他用笑容和拥抱迎接了我们，说："Ciao！"

Ciao，Italiano！ Ciao，Milano！

艾曼开了一辆保养良好的老式宝马，把我们送至旅馆后，带我们去当地非常有名的小店吃晚饭。我的意大利之夜从比萨开始。这个餐馆看起来很普通，但即使已经是晚上九点，店里依然坐满了当地人，饥肠辘辘的我们在队伍里等了一会才成功坐下来。这家的比萨样子胖实，口感松软，跟以往对比萨干扁的印象不太一样。艾曼告诉我们意大利有无数种口味的比萨，在整个意大利之旅中，味蕾的幸福感到达了顶峰。从我们到达的第一个晚上，就能觉察到这一线索。餐后我们去了艾曼的朋友经营的一个专门品尝红酒的小酒馆，从他们口中我们了解到意大利与法国一直在为奢侈品、红酒和美食之事争辩不休，各自认为自己是世界上最好的——真是有情调的国度。

这是我第一次来意大利，艾曼说因我的远道而来，他满足我三个愿望。我的三个愿望是：希望他能好好对待我的朋友们，去看正展出于米兰的安迪·沃霍尔，能够在米兰弹一会钢琴。事实上，除了第一个，后面两个都泡汤了。

2

米兰，阴天。早上醒来，艾曼已经在酒店的楼下等我们。有个这样的友人在身边,心里感到很是安全。我爱这样的天气,米兰大街上开阔的街道和高耸的建筑全都是灰色调的,与天空的颜色无比契合。

总觉得开车体验一个城市没有诚意,为了理解米兰的每个角落,我们从米兰的地下铁开始这一天的行走。

早上十点,明亮的早餐店,色调暖和的灯光下,精致的食物陈列在橱窗中。我们在灰色调的街区走进一家地中海风格的早餐店。这里的牛角面包有鲜美的果酱,意大利人钟情的卡布奇诺浮着优雅的奶花。我们踏入这个国家的前奏曲像是桑塔·露琪亚的歌谣一样温暖。

艾曼始测试相机的光圈和快门,他觉得阴天的色彩不够好看,于是把模式换成黑白。他大学时曾学习美术,如今从事歌剧院方面的工作,对审美有所讲究。这也是我们能够成为朋友的原因。艾曼对东方有着强烈的情结,一切源自他曾经的意籍华裔女友。他俩青梅竹马，自然而然地恋爱，到最后却友好地分开了。我想他一定很深很深地爱过她，直到他们分开许久，还在追寻着她那神秘的东方背景和她的气息。

米兰的街区，尺度让我感觉兴奋，又有点不适应，尽管都是古老的建筑，然而楼群比法国的魁梧许多。马路开阔，干脆利落。我的意大利朋友有一米九的个子，他站在米兰街头的模样显得非常自在，毫无违和感。沿一个个街口走着，我非常快乐，喜欢有人带领的感觉，不需要看地图，也不需要看指南针，把眼睛集中在这个城市身上，看他轮廓分明的脸，感受他的脉搏声音。不经意地一个转身，快门就留下了一个影像。

我们从乔治·阿玛尼(GIORGIO ARMANI)的大楼下走过，抵达蒙提拿破仑大街，眼睛热闹起来。人来人往的路上，充盈着音乐，不是难以辨别的莺莺细语，而是嘹亮地弥漫在四处，清晰可辨，是路易斯·阿姆斯特朗的声音——《一个绝美世界》（*What a wonderful world*）。听着这样的歌曲，漫步在昂贵的米兰街头，友人陪伴周遭，人生充满着希望，仿佛没有了恐惧。圣诞红、冬青绿和雪花的装饰在街心还未撤去，修葺工整的树木整齐地排列在路上。奢侈品专卖店保持着美好的气质，一家接一家陈列在眼前，琳琅得像是晶莹剔透的宝箱，镶嵌在古老的建筑中。攀墙的藤蔓缠绕着老房子的铁栏，飞鸟从苍穹掠过，屹立在教堂的尖顶，留下剪影。我的眼睛太忙碌了，我的心发着烫一样扑通扑通地跳。

教堂，远处的教堂，是那个叫米兰大教堂的绝美艺术品。转过几条街口，穿过熙熙攘攘的人群，教堂的身影傲娇地出现。没有人会在这个城市贪婪色彩，色彩是不需要的，只凭那些建筑的光影和大片灰蒙蒙的笔触，已是这般魅力。那种魅力渗入骨髓，经年融化在一砖一瓦中。唯一的绚烂是那售卖纪念品的大红色帐篷，像火焰一样簇拥着高不可攀的大教堂。不可能的事在此时也变得可能，精工雕琢的教堂某一刻真的会让人相信人与神的联结。雕栏玉砌的尖顶拜祭着天空，仪式凌厉而骄傲，在世纪更迭的洗尘下，光华渐渐退却，沧桑的斑驳描绘着声声叹息，但谁也无法亵渎它的庄严。我用掌心感受着大理石的温度，扶着墙壁，沿着石阶登上教堂的尖顶。站在教堂的顶上，俯瞰整个米兰之城，这是一段奢侈的时光。

我想静静感受当下。艾曼坐在身边，跟我说着很多古老的意大利家族的历史。他为我知道美第奇家族感到吃惊，说中国留学生普遍对欧洲历史一知半解。他说，此情此景，你很幸运，不大的年纪，米兰，欧洲，大教堂，朋友。我说，这弥足珍贵的经历，供一辈子缅怀。他说我现在的年纪说一辈子太早，只要留有记忆就好。我也不知道接下来会怎样，是一直行走，还是会停下来，我无法想象没有艺术、爱与梦想的人生会怎样，那是母亲赐予我生命中唯一的正经事。

我把这些告诉艾曼,他感到很有共鸣。他有很多关于艺术的计划还等着他去实现,他希望终身都与艺术相伴。我问他原因,他说因为他是意大利人。

3
/

上帝不让你拥有的时候,就会让你去享受。

我们从早晨开始暴走于这个城市,而今已经天黑,雨霏霏而下。因为雨与人群的原因,没有看到达·芬奇和安迪·沃霍尔的画展。我们又冷又饿,这一天是星期天,很多餐厅都早早关了门。正在营业的餐厅冷冷清清,我们不屑进去,挑剔地觉得下一家会更好。兜兜转转,终于看到一家有设计感的餐厅,被温暖的色调吸引,我们推门而入。坐在壁炉旁边的位置上,脱下外套与帽子,体温开始恢复。

喝了红酒,三分熟牛排的味道绝对不让人失望,餐后的一杯基安蒂酒让我的意识开始飘飘然。蒂娜不胜酒力,只喝了两口便趴在桌子上睡着了。我们离开餐厅,在细雨中穿过米兰街道。酒精在体内蒸发升腾,雨点徐徐落在衣服上,古老的街道和着旧式的路灯,内心极度渴望音乐。

穿过小河,我开始感到双脚再次冰冷,步履维艰,相信大家都一样。我们在街角拐进一家红色的酒吧。再次逃离雨滴,我又恢复了平静,身体回暖。此时,酒精让我感觉舒适无比,耳边的噪音可以忽略。红色小酒吧里播放着我非常喜爱的弗拉明戈音乐,热烈、灿烂得像梵高的向日葵。热气腾腾的室内,坐满了人,有个玻璃窗边的桌子旁恰好有五把椅子。我们坐下来继续喝酒,米兰的金汤力酒有着特别的味道，触动着我的味蕾。爱德华继续要了他喜爱的马提尼。不知为何，酒很快就喝完了，大概因为味道太优越。这次我们集体要了马提尼。米兰这家小酒吧的酒有我所有喜欢的口感，以前从没有对任何一家小酒吧有过这样的满足感，大概因为这里的调酒师的缘故。

在酒吧的另一个角落里，艾曼看到了他以前的意籍华人女友。一切都是命运，亦是缘分。在一个他从未来过的酒吧里，一个平凡却特殊的日子，一个下雨的夜晚，他们竟然在这里相遇，而且穿了相似的T恤。于是，艾曼很有风度地走过去，邀请她抽了一根烟。

这个世界的故事太多，我们永远来不及当听众。在同一时期，只爱一个人才是最幸福的事情。在此之外，心中若藏有多出来的那一位，必会让人感到无比痛苦。抉择是俗气的事，不属于爱的范畴。心中的数字，只能是0或1，要么不爱，要么独爱一人。我预感，我的意大利朋友在他的意籍华人女友彻底离开他的生活以前，都不会再爱上别人了。我悄悄在心里叹息了一下。

他们陆续出去抽烟，酒在桌子上都放热了。热闹在继续，空气中弥漫着舞蹈的节奏。我的酒喝完了，一滴不剩，我感到这种味道别致的液体很珍贵。抽烟的人还没回来，我觉得放在桌子上冒汗的酒太浪费，便拿起来全都喝光了。蒂娜和乔什没有阻止我，感谢他们。红色的餐巾纸有潮湿的圆圈，杯子凝结着冰冷的露珠。我眼前的灯光晶莹剔透，舞蹈的音乐让我想起了红头发的吉他手，想起了遥远的吉卜赛故事，想起了炽热的爱情……当然，那是别人的故事，但我感同身受。

酒精摧毁了心中坚固的城垣，此刻的我处于极度放松的状态，像一尾游走的鱼。我没有想过自己真的有一天会喝醉，以往我总是到最后还都清醒的那个。然而，

A Long Journey in Europe

如今的我差不多要投降于理智的丧失，把仅存的清醒拱手相让。我用最后一丝言语的能力再要了一杯马提尼，侍者非常善解人意，带着温柔的笑容应允了我的请求。

这个城市的夜晚飘荡着古灵与游魂，我沾染了那些故事的灵气，心中有着炽热的情感。这真是一场热烈的告别。我想起很多过往，那些曾经自觉卑微的日子，那些无法平衡的失落感，那些错觉和碎掉的尊严，那些辗转难眠的夜晚和频频自我否定的煎熬……他们回来时，发现我在不断地流泪，只有我自己知道，流泪是因为一些饱满而温热的故事。酒精让我脆弱无比，我依赖身边的每个人，他们此刻都是救星。我很想念爱德华，他抽烟怎么还没有回来。我最近非常依赖他，他像是我旅途中的守护神一样。无论到哪里，只要身边有天蝎座的人出现，总会有深刻的事情发生，仿佛命中注定一样。但他们来去匆匆，鲜有留下。

终于，我的意识流走了。此刻我两手空空，内心轻盈。想说的话都从口中溜走，如鹅毛一般轻飘飘。而后，他们终于都发现我醉得不成样子了。我说："爱德华啊，你多么好啊，我真喜欢你，你过得快乐就好啊。"艾曼在这里，他是个正直而善良的男人，是我们这个游走米兰的小群体的首领。乔什在，蒂娜这个可爱的小姑娘也在，我感觉无所畏惧，不断地胡言乱语。A是好人，B是坏人，C是正常人，D是陌生人，E是路人。后半夜过了一大截，我已经站不起来，摇摇晃晃，可爱的旅行同伴们搀扶着我，任我撒野。此时，我感到很安全。在酒精中感到安全是一件愚蠢的事。此刻，我的运气极好罢了。

哭吧，歌唱吧。外面下着暴雨。此刻是告别，我们需要一个印象深刻的仪式。在暴雨和酒精的泛滥中脱胎换骨，仿佛世界给我开了一扇奇特的大门。

A
Long Journey
in
Europe

我在出租车中摇摇晃晃地回到旅馆，爱德华和蒂娜一直在身旁照顾着我。此刻能有的姿态只有倒下躺着，世界的轮廓模糊得像暴雨中没有雨刮的车窗。我已经说不出话，说多了也很恼人。终于等到胃酸翻滚的那一刻，残余的酒精苦涩地离开身体，没有沾染周遭，我是个表现良好的醉酒者。过了很久，艾曼和乔什终于在夜雨中步行回到我们的旅馆。艾曼过来握着我的手，他的掌心宽厚而温暖，我感觉自己像个垂危的病人。他跟我告别，然而我已经累到无法动弹，听他讲了几句话，只能辨别在跟我说英文，身体难受得说不出一个词，我觉得我要投进茫茫的睡意中了。安静越来越远，风的声音徐徐而来，我不喜欢光线，黑暗中的我缓缓游走，呼吸都是很累的事情。

深海，鱼群，珊瑚和海藻，闪烁的日光影子，细沙和礁石，王子的雕像，请你们轻轻拥抱我沉重的躯体，我愿双腿化作鱼尾，换取三百年无爱的生命，日夜与冷酷仙境相伴，换取无尽的希望与幻想，置身世界之外。

4

熹微的晨光从窗外透进来，真不敢相信只消几个小时，世界就从黑暗与明亮中变换，买醉时颠覆的意识又被扭转，纷至沓来的时间把一切化作过去。

天已经亮了。昨晚被我折磨的小伙伴们还在沉睡，我已经清醒，身体干枯得冒烟。爬起来咕咚咕咚喝了好多水，脚步跌跌撞撞还不太稳健。于是打开热水淋浴，水哗哗地流出来，热气腾腾，我感到血液的流动，从心脏到神经末梢。镜子中的那张脸，没有一夜之间长出皱纹，真庆幸！这些平凡的事，此刻带来巨大的幸福感。

一个小时以后，我们就要踏上前往威尼斯的路途。

我给艾曼发去信息,跟他告别。他说昨晚很伤心,我竟然没有跟他说再见。他今天将会前往南法与意大利的边境,与朋友们到勃朗峰半山中的房子小住几天。

艾曼从信号不太好的半山给我打电话,说勃朗峰此刻白雪皑皑,房子里有小狗与壁炉,附近就是滑雪场。他很担心我,又说我很幸运,开玩笑说如果他们都不管我,把我留在酒吧里怎么办。我说,我在你们身上感觉到了绝对的安全才敢醉的,喝醉的感觉棒极了,释放、解脱与告别,是那么开心的事。

他说:"你真的让我印象深刻,但你那么年轻,我怕你不小心看错一些事情。你一定要知道,你充满了灵气和创造力,不要把心思放在一些不懂得欣赏和珍惜你的人身上,他们配不上你美丽的眼睛,更不能玷污你的心灵。忘记那些男孩——尽管我不知道是不是这样,你要把心思放在自己身上,让自己快乐,释放创造力。你是那么的美,要永远欣赏自己。如果有什么想不明白的可以问我,虽然我的意见不是最有智慧的,但我会是一个很好的朋友。"

其实,在通往威尼斯的火车上,我无比释怀。多亏昨夜失去过意识,胡言乱语;此刻,身体很累,但心中的负担已经放下许多,释放了沉重的秘密。我其实非常明白,现在我想要的就是自由与热情,而非对特定的人的执念。我很想告诉他,其实我也是一个聪明的姑娘。

眼前的旅途还有那么长,我像小孩一般充满期盼。看到这个世界那么大,心不再紧缩了。在靠近威尼斯的路上,我嗅到了水的气息,时间沾染了梦幻,怀抱中都是柔情,欢乐是如此轻易的一件事。

后来,我回到法国时,在闲聊中,又再一次跟他谈起我们在超市认识的场景。他写给我一首小诗,像是意

大利歌谣一般。我翻译过来,大概是这样的:

如果我没有转身

留给你我的邮件

我就永远不会

见到你与你的朋友

我们永远不能预知

如果你不是你

也许我早就厌倦

但命运如此奇妙

你正是你

人们四处游走,四处旅行

他们买着纪念品和T恤

我找到了一位美人

无价之宝

CHAPTER 4 — 威尼斯

水城迷路

Lost in You

A
Long Journey
in
Europe

//
1
/

希斯·莱杰英年早逝。我一直没有记住那个在《断背山》里出演过主角，不到三十岁就意外死于纽约公寓的男演员具体是谁。当我来到威尼斯，想要重温一下《卡萨诺瓦》，才知道是他。卡萨诺瓦，是情圣，是才子。用道家的说法，他命里的八字地支中必定是带有许多咸池桃花。我喜欢他演的卡萨诺瓦，聪慧而狡黠的神情，多情不失翩翩风度，年轻气盛不失深思熟虑，是一个如此让人迷恋的存在。这部电影有所有我憧憬的，关于威尼斯的一切元素。

卡萨诺瓦说："做火焰，而不是扑火的飞蛾。"

这句话引发了我关于飞蛾与火焰这两种角色的思考：当你是一只飞蛾的时候，没有人会嫉妒你，也鲜有人爱你，因为你总是牺牲的角色，所以偶尔有人怜悯你。当你试图转变角色，成为火焰，过程中，风总会试图熄灭你、阻碍你，当你变成了真正的火焰，当有人庇护你免受风的侵害，当风也无法熄灭你，你就成了明亮的焦点，照亮四处的漆黑，成为信仰。

成为火焰，成为被爱的人。这是一个极其伟大的选择。这是一种反向思维的爱。

我常常想要感谢那些可爱的、永远处于被爱角色的人，他们身上带有极其迷人的特质，经久不衰。过去，为爱付出的人总值得被称赞，他们的所作所为可歌可泣；被爱的人，总被认为是幸运，是被动，是无为。

然而，真正幸运的事，是正在深爱着一个人。爱人，是一种本能的主动行为，是行使自己的心愿，这是人格完整、物质独立才有能力使之发生以及持续的事；而被爱者，某种程度上被要求顺应、收敛。他们身上或是带有闪耀的锋芒被人追寻，或是带有某种缺陷需要被爱填补——他们处于一个不能主动释放情感的角色，充满孤独感。直到爱抵达一定的深度，被爱与爱的界限才不会那么明晰，当然，两个人如果要共同探索到那种平衡程度的爱，需要双方的人格自由与平等。所以极少有恋人能从开端就能站在同一个水平上去相爱，总是从失衡开始的。人们互相扶持，彼此带领，有时失衡也是一种美妙。但是，也有很多的爱情因失衡而结束。

被爱者是伟大的，他们站在明亮处，被观摩、幻想，带来希望。

——他们是火焰。

其实，被爱并非很有趣，有时反而会枯燥、孤独，因为他们注定把精神投注自己身上。因此，我更感谢那些让人迷恋的人，是他们的存在激发了我们的荷尔蒙和想象力，他们活跃在我们的心中，牵制着我们的神经，带来回肠荡气的快感和失落，带来熠熠生辉的灵感。对一个人又爱又恨是一件那样幸福的事，一辈子因为爱情而心潮激荡也许不会有很多次，遇上了应该是一种幸运。

爱一个人的目的不是占有，而是能在这种复杂的情感体验中慢慢摸索生命的真谛。遗憾的不是得不到，而是爱的消失。对一个人爱的热度渐渐降低，他身上的真相再也不受幻想保护，变得真实而枯燥，梦境被打破；他的魅力持续不下去，我们的热衷得不到回应；他的心思也许放在了别处，隐退或不再表达，被爱的角色缺席，原本支持我们的信念落空……爱死亡的方式有很多种，我们的悲伤在于如此美好的事情不能持续。我是如此相信，所有人都需要精神的信仰，这种信仰不应受到限制，不应刻意统一，因为每个个体都是自由而平等的。

爱是希望、愿景、信仰，是经历、相互的磁场，是催化剂与能量。爱是真正的奢侈品。愿我们毕生活在爱的激荡中，至死也可让之永存持续。

卡萨诺瓦，你好！我来到威尼斯了。

2
/

我极其喜欢这一年十一月路易威登的广告片，是一个从巴黎到威尼斯的神秘旅程，叫"*L'invitation Au Voyage*"，中文译为"旅行之约"。从黄昏的卢浮宫启程，艾莉桑娜·缪思饰演的神秘女子踏上红白相间的热气球，于夜晚抵达空无一人的圣马可广场。大键琴奏响金色的乐声，大卫·鲍伊唱着他的 *I'd Rather Be High*，编织华美的梦境等待着她的到来。礼服的皱褶婆娑在金色的厅堂中，面具下潜藏的优雅，折扇背后美丽的妆容，像是艺术品一样的人们优雅地跳舞嬉戏，释放让人沉醉的气温，诠释着璀璨梦境。一切突然安静下来，浮华戛然而止，她在钢琴前睁开眼睛，发现眼前空无一人，分不清这是梦抑或现实，凝视壁画片刻，她于日出中乘深红的帆船向海的方向离去……

浮华有时让人迷恋。如若人生只是沧海一粟，为何不经历这样的绚烂，给自己一个波澜壮阔的梦境呢？

威尼斯是一座造梦的城。卖面具的商店布满这里的大街小巷，仿佛假面舞会随时都会到来。许多年以前，面具之于威尼斯人就像内衣一样，竟然是必不可少的存在。每个人都用假面与斗篷把自己隐藏起来，看不见各自的表情，神秘感让梦境与幻想永存。

我痴迷于那种不可透露的距离感。"无法触及"就像是一剂罂粟,让人欲罢不能,凭梦而活。我想必然是很有勇气的人才敢把持这种精神的迷恋,大多人都会退回现实,寻求可见的安全感。也正因为如此,浪漫情怀常常在勇气的缺失下被抵消。威尼斯的面具,似乎是引入梦境的线索,不仅是简单的道具,而是潜藏着巨大的想象。我想,威尼斯人必然对浪漫主义有着坚定的信念。

这个水城的个性如此可爱、如此偏执,世界上没有第二处可以模仿之。

十二月末到达威尼斯的我们没有遇上嘉年华,然而贯穿始终的好天气、蓝、海鸥、阳光、帆船……地中海沿岸的一切给予我们深深的慰藉。

在这个城市,迷路是不可避免的事。威尼斯是一个心思如此细密的女子,没有人能看透她的全貌。如果你是个理智谨慎的人,每一个脚步都紧跟着智能手机,也许不会陷入她迷惑人的圈套中,但也丧失了沉醉不知归路的兴致。如果彻底跟着感觉走,你只会越陷越深,在她怀中彻底失去方向感,直到沦陷在冰冷的海风中。在那不尽相同的河道里,缓缓滑过的贡多拉优雅的影子轻易地让人驻足。漫步与游船是两种截然不同的感觉,海与岸错综的交汇让人难以分辨方向。你可以忘记时间,但这基于你是否有相知相识的同伴;孤身一人的感觉也不错,但需警惕独处滋生的情愫会把自己击溃。

有一天,我们出海探索琉璃岛与彩色岛,这些小岛有各自的主题,我们在绚烂的房子和层层叠叠的蕾丝中穿梭,感觉到它们就像是神经兮兮的艺术家,带着对色彩与工艺的信仰而活,踮着脚尖跳着倾斜的舞蹈,誓要把偏执的个性诠释到极致。鲜艳的颜色让我们有点视觉过敏,我们的规矩与常态显得格格不入。海风是那么冷,等待回威尼斯主岛的船迟迟不来,天渐渐黑了下来,大

A Long Journey in Europe

海呈现出一片醉蓝,深深的波纹如同丝绸一般荡漾,夕阳被蓝色慢慢吞没,融化在海天交界处。此时此刻,我非常想要一个深吻与拥抱。然而越是美丽的时刻,越常伴随着孤独,灼热的感觉伴随着哽咽的夕阳沉入冰冷的蓝色大海中。

在威尼斯这个奇迹般的地方,我看到许多艺术家的足迹,他们为这里增添了浓重的笔墨,像是热烈的爱,泼洒在四处。专属的棕红,搭配白色的假卷发、长筒袜、蕾丝衬衫,还有黑色的贡多拉、金色的壁画,威尼斯的美让人猝不及防,我迷失在这种戏剧般的画面中,流连忘返。

如果说中国红、蒂凡尼蓝都具有文化内涵,那威尼斯红亦如此。这种独特的红,在威尼斯许多地方留有印记——教堂、提琴博物馆、面具店、服装店、斑驳老墙上的锈迹……这颜色古老厚重,很符合威尼斯的气质。

3

　　我不知道在威尼斯时间都到哪里去了,或许在梦中溜走了,或许在潺潺的流水中被冲走了,又或许在吃得满嘴漆黑的墨鱼面和金黄色的龙虾佳肴中被忘记了。如果在这里住上几个月,或许会更好,让水城的温柔融入骨子里。漫步、画画、读书、写作,或者与爱人共同前往此处,倾心爱情,终日与浪漫相伴,亦是很好。

　　不知不觉,日历翻到了十二月三十一日,最后一天,又一个年要跟我们挥手作别。

　　出发以前,我们这个旅行小分队,说好要来到水城跨年。这个夜晚即将到达终点,威尼斯细小的街道上站满了人,这些赶往圣马可广场的人们手里拿着香槟和酒,有的还高声歌唱。我们夹在熙熙攘攘的人群中,一同赶向圣马可广场。这样的盛会真奇妙,如果再多一点嘉年华的元素就绝佳了。

我手里拿着白色的弄臣面具,铃铛发出清脆的声响。我的同伴们打趣说,以我的铃铛声为信号,听铃铛声要紧跟我的脚步,这样就不会走散。

时间只剩下二十分钟,还依旧在迷宫中的我们,不知道能否在零点前到达广场。三个小伙伴前前后后地穿梭,我紧跟着他们的背影。

十二分钟,广场上已经沸腾了,人与人之间的距离大概不多于二十厘米。密密麻麻的身躯之间,我们被挤开了。蒂娜与乔什在人群的对面,爱德华和我在另一边。

十分钟,我们丢失了彼此,身边全是热气腾腾的陌生人，视线被各种背影遮挡。空气还是凉飕飕的，酒与香水的气味偶尔飘过来。我的眼睛再也搜寻不到蒂娜和乔什。

八分钟。爱德华还在我身边，与我从隙缝中不断穿梭，走到了圣马可广场的中间，发现人群的中心竟如此阔落，我们被欢呼雀跃包围着。

五分钟。这一年，最后一天。没有喝酒，耳边的热闹对我们来说有点多。时间过得真快，竟然来到了这一年的末尾，其实，我们都清楚时间是怎么溜走的，每一个日子都清晰如昨，然而此刻还是感觉措手不及。LED屏幕上显示的数字正在华丽地递减，没有意外和惊喜。舞台两侧硕大的音响播放着快节奏的歌曲，与圣马可广场的气质格格不入，上帝会不会觉得这些人类太喧闹？

三分钟。人群沸腾了，我们被拉起手，转圈，欢歌，跳舞,无须言语。

两分钟。我们仰望屏幕,没有对白。时间无论如何挽留也会照样溜走。在震动的音乐中,我们安静地观摩着时间的随心所欲与无所不能。

五十九秒,夜空漆黑,圣马可广场白昼般明亮,音乐的声音变小了,人们鼓足元气准备倒数。不停游走的数字,都潜到海藻与人鱼的水域世界里不再回来。

十,九,八,七……有一个知心的朋友在身边;六,五,四,三……你的生命比你想象中的还要绚烂;二,一……烟火盛开在空中,香槟四溅,撒落在我们的脸上、头发上和衣服上。钟楼敲响十二下,我们喝了一大口陌生人递来的气泡酒,彼此祝福,拉着手转圈,湿漉漉的脸和发梢全是酒甜腻的味道,地上滚动着酒瓶,不再清醒的人、快乐的人、悲伤的人、美丽的人、难看的人、女人、男人，全在广场上跳着舞。

我们又寻不到回去的路了，在码头和河域处迷失方向，走了许久又兜回圣马可广场，再次被堵在人群中间。在路旁记不清名字的小酒吧里买了两瓶喜力，拿在手里边走边喝。青绿色的瓶子碰了一下脖子，发出清脆的声音，我尝到了苦涩的啤酒味道，那种味觉也是青绿色的。

我记得我没有说新年祝愿，但那样的夜晚似乎也无所谓，世界热闹又善变，即使泣不成声，下一秒我们转脸就笑了。我希望这一晚陪在我身边的这位好朋友能永远伴随着我成长，相知相识，永远不要走失。但我们都属羊，温文尔雅，不擅表达，只好把愿望埋在心底。

说好一起在威尼斯跨年——这次路途一开始的精神与指引，然而终究还是走散了。如果我们对视的时间能够再长些，也许还可以在人群中走回彼此的身边。

在人群的乱步与欢呼声和阵阵的烟火声中,我们被时间投进新的一年里。浩瀚的时间是无法命名的东西,无法看见无法触摸,也无法控制,只是世间层层叠叠的变化让我们看到了一个个循环、一个个衰老,我们以为那就是光阴,其实那些只是光阴带来的现象。我们有资格碰触的,只有当下的更替,因为我们也是其中的一角。这一出生命的戏,都是细密的变数,线索被缝纫在一针一脚中,很多时候我们根本觉察不了。

在这个无法静止的世界,人们接受一个个洗礼。曾经以为重要的人轻易地退出了各自的生命轨迹,来不及表达与谈心,笨拙得如同木偶一般。而时间又将我们推向下一个浪尖,又有意想不到的人闯入生命,新的故事永远会继续。

烟火与喧哗还在外面继续,我极度渴望睡眠。关上窗扉,挂上铜锁,喧闹便与我无关。

4

持续的旅行让身体很累。

我醒了。这是在威尼斯最后一天。房间凝滞的空气里飘扬着熟睡的呼吸声,我怕我会再次进入梦中,就赶紧爬起来把窗户打开,阳光让碧玉色的河和缓缓划过的贡多拉如此清晰可辨,睡意瞬间被赶走。爱德华说好起来和我一起看早晨的水城,然而他此刻无法舍弃自己的梦乡。于是,我得到了一段独处的时间。

早上九点的街道异常安静,昨夜狂欢的痕迹已经消失殆尽,天空依旧蓝得像上帝的瞳孔。我在街角买了一杯卡布奇诺,用这个早晨与威尼斯告别。这样的告别是

A
Long Journey
in
Europe

非常重要的，能让我平复。如果跨年的狂欢夜直接对接到醒来立刻展开的匆匆赶路，那是非常不好的情节和预兆。睡到自然醒固然很好，但若离开变得如此匆忙，便不适合我这般内心满怀执念的凡人。我希望自己亲历的故事能虔诚一点，不要徒增憾事。

我拿着相机，走一些没有走过的路。迎接我的总是胡同，兜兜转转，偶尔又豁然开朗，明亮的蓝色码头和水边斑驳的建筑，船经过时生起一道道水花，站牌被风吹得颤抖，上面写着公共汽船的路线。我如此留恋这方水域，以至于不断出神，却不知道自己在凝视什么。

这是新年的第一天。昨夜狂欢的圣地此刻被阳光照耀，广场已经被清洗了一遍，旧年的落空和狼藉被留在昨夜。地上的水泊如镜面一般，此刻只剩下蓝天的倒影。钟楼上的天文钟盘跟天空的颜色一样，我是多么喜爱镶嵌着的那些星座的华丽符号。阳光让眼前的一切变成一幅通透的画,该如何记住这个场景呢?

拜占庭式的穹顶是浓重的金棕色,白衣红袖的教主们在吟诵,教堂里站满了聆听祈祷的人,地上对称繁复的图案犹如扩散的音符,天使的歌声四处响起。在年的开端,沐浴在福音中,内心甚是安宁。

"在旷野有人喊着说,预备主的道,修直他的路。"《马可福音》如是说。

愿景与信念会把我们引向归属之处。在水城的怀里,心中的动乱得到平复。古老纯净的圣马可广场,谁想到昨晚曾被喧嚣占据。在阳光与楼群的剪影中穿梭,歌剧院张贴着音乐会的海报。维瓦尔第、威尔第、亨德尔,他们的乐声飘荡在各处,浸淫着威尼斯流域潺潺的情愫。时间太短暂,我多想坐下来听一场古典音乐,好让音符治愈布满尘埃的心灵。

A Long Journey in Europe

　　意大利是这样的一个地方,不动声色,但置身其中的人早已不自觉地动容。这般从容而虔诚的氛围,过往生活的地方从来没过。这个文艺复兴的起源地,把我的心偷走,让我不舍离开。旅途那么短暂,细节被遗忘,然而感觉永存。斑驳的旧墙,锈迹的桥栏,威尼斯那么老又那么美。我在她的纹路中走过,好奇地张望,由衷地感动,但谁也看不透,因此心存惦念。水乡让人满怀柔情,难怪这里诞生了卡萨诺瓦,一个偏执的爱情狂。

　　为了那些熠熠生辉的经历,偏执一点又如何?反正这个世界上有那么多坚定又可爱的神经病。

　　返回旅馆的路上,我心中忽觉一丝惆怅。为什么我要那么轻易地来到威尼斯,毫无预兆地到来?威尼斯,应该是留给爱情、留给恋人、留给桥上深深的拥吻的。错综的脉络,应有一个牵手迷路的人。

CHAPTER 5_慕尼黑

安静得没有言语

Reticence

A
Long Journey
in
Europe

//
1
/

过去我很难明白别人对德国的迷恋,这个国家,太理性,太逻辑,太合理,"只有属于人类的直线,没有属于上帝的曲线"。

而动笔要写这篇文章时,我已经遗忘得差不多了。慕尼黑的记忆封印在一片寂静中,我坐在屏幕前苦思冥想,终究无法记起想要说些什么。安静,安静,贯穿始终的安静,布满了记忆的网。

写旅行应当及时,趁感觉还是敏锐而灼热时,就赶紧动笔记下。此时已经时隔半年,我又辗转了很多地方,回了一趟中国,跑了南方和北方的几个城市,又在欧洲兜兜转转，但关于慕尼黑的记忆，真的被这种迅速转换的场景冲淡了。真后悔没有抓紧三四月的时光，把彼时的感觉好好记录下来。然而，就是这种似是而非的感觉，让我想要说点什么。既然记不起细节，关于慕尼黑，我就只写感觉好了。用感觉，来描述一个理性的国家。

2

我喜欢驾驶，喜欢车，延与我一样，他比我更专业，我知道的大部分关于汽车的知识都来自于他。

延是我的好伙伴，更是知己，我们之间有着满满的信任和依赖。他是那样善良而优秀，聪明又踏实，身上有着我没有的一切优点。而我擅长很多他没有触碰的东西。他在现实处高大而魁梧，我在梦中如鱼得水。我觉得我们应该是最佳拍档。

A
Long Journey
in
Europe

在大学末期与出国以前的时间里,我们曾经彼此支持与鼓励,感动铭记于心。我们曾经有过一个关于欧洲的约定——一次穿越德国的自驾之旅。我们想租一辆车,从德意志北部走向南部,跟着导航把要去的地方都转一遍,随时停下车看风景、拍照、撒尿。然而出国念书后,我们都忙碌于自己的学习与新生活,根本无法实现这个约定。就这样,我提早跑来德国了。

没有了延的慕尼黑之旅,其实不太完整,记忆稀薄。但愿他知道这一点。

3
/

到达慕尼黑那晚,纬度的增加让天气更加寒冷。正值圣诞假期,人们都去了有阳光的地方度假,整个城市空荡荡的。已经晚上十点,大部分餐厅都关门了,幸而在旅馆附近看到一家装饰雅致的亚洲餐馆,进去才发现是香港人开的。

那个冷冷的夜晚,我听到了滑溜溜、悦耳得像百灵鸟的叫声似的港式粤语。在被法语、意大利语、德语迷惑了那么久之后,听到母语的感觉更像是有人在你睡觉时替你挠着背,哼着摇篮曲一般。

餐厅的老板是个纤瘦的男人,脸上总是挂着和气的笑容,为风尘仆仆的我们亲自下厨。天啊!那是我在欧洲吃到的最正宗的中餐了。因为这种强烈的归属感,在慕尼黑的三天,我都来这里吃晚餐。

德国的味道是浓重而豪爽的,连食物都充满汉子的味道,每一块肉都过分硕大,亦没有法餐对仪式的讲究。德国人的表情严谨而稳妥,这个啤酒的国度保存着冷峻的理智,并能把英语说得那么好,一切简洁利落,逻辑清晰,像是理科班上的尖子生一样让人敬佩又好奇。

4
/

我越来越不会与人长久地相处,过度迷恋自由感,天生爱做梦。然而,如果身边没有人了,我的生活又会简单多少倍呢?人们总是互相牵连着向前走,没有生命能够完全脱离他人而遗世独立。

有时候,心里会责怪自己是个难以取悦的人。只有延这种情商极高又务实的陪伴,才让我安心。想起我们曾经勇敢地在七月的雨季走过山泥频频倾泻的川藏线,想起前往丹巴灰尘弥漫的场景,想起九十度山脊下激流湍急的藏布江……我还曾因为被他劝说及时返程而与他赌气了许久。我的性格中有向往冒险和鲁莽的因素,对于现实状况总是判断不清。在德国慕尼黑,这个务实的国度,我常常想起这位在我眼里全是优点的男生。我毫不惊讶为何他会对德国产生这样的迷恋,除了赞赏于德系车的沉稳、低调与优雅,亦是他本身性格的写照。有人喜欢法国的浪漫、开放和多情,有人喜欢意大利的热烈、随和艺术感,而延无疑更接近于德国的严谨、细致和认真,他的处女座性格决定了他这种干净而具备条理的思考方式。

这个城市是我们这四个人一起旅行的最后一站,就这样走了十几天。像错过了里昂的壁画一样,我们在慕尼黑也错过了新天鹅堡,在赶车的紧迫中,只好远远地瞥一眼俊俏的城堡,留下了些许遗憾。但落日余晖下,我看着周遭的马车、湖泊和白桦林,并不感觉忧伤。

我极其喜爱这种在路上的体验,我不知道小伙伴们怎样想,觉得自己一路走一路得到,上天在我行走的过程中不断抛给我礼物，所以幸福感盖过了忧虑。虽然已经很累，但每天都是那样神采奕奕，像个孩子一般。

5
/

这个临近告别的晚上，我辗转难眠，这个时代我们都不擅长告别，但总是很容易分离。我以为自己已经到了洒脱的年纪，却仍有念念不忘的执着之心。

我有一个很爱我的妹妹，她才念初中，心灵纯净得像花瓣上的露珠一样。我还记得那次临别，她由于来不及见到我，眼泪哗哗地流。知道我第二天一早就要乘飞机离开，她还是在深夜赶到我家，抱着我的枕头睡一觉。我亲爱的好妹妹，我已经不能像你那样自由地流泪，凭着内心的依恋勇敢地表达自己的真实情感了。不，你一点也不任性，我觉得你很勇敢，像是雨后的向日葵，抬起青涩而骄傲的脸追逐自己的感觉。我在忙着收拾行李一句话不说,你仿佛懂得我即将出发的不安,在一旁安静而乖巧地看书,说只要能看到我就好。你不知道我多么感动,但当时我本能地冷静。我亲爱的好妹妹,我知道你的心思地我在地球上东奔西走,寻找人生的意义,像个榜样一般。我此时不能让你看到脆弱的眼泪,因为想保留一个完好的姿态,让你对远方没有恐惧。你以后慢慢会懂得如何去安置那些接踵而来的一段段离别,让它们化作肥料和水滴,渗入脚下的土壤中,滋养内心;千万不能让它变作空气中的尘埃,不要让自己屈服在情感的困扰中,那样只会蒙蔽你清泉一样的眼睛。你的成长不需要如我这般千疮百孔,你可以更接近阳光,因为我会在暗处为你织起一张保卫网,我愿你永远如百灵鸟一般快乐。

所以我怎么能做一个脆弱的姐姐呢?我此刻想起这位可爱的妹妹,心里又忽然坚强起来。在这些无声的夜里，在言语不再有力的时光中，我得到了点滴的勇气，汇聚如万丈星空中璀璨的光辉，在无尽头的暗处默默传递着力量与祝福。

6
/

临别前一天夜里，我翻看着星盘，上面说一月中旬极其浪漫，我要鼓起勇气去走这一趟旅途。在这个星象缭乱的月份中，我心里却是满满的感恩，我相信，美食、心情、色彩、时尚和爱，都会有的。

乔什和蒂娜继续在慕尼黑逗留两天，然后将分别前往比利时和西班牙进行冬季交换生项目。爱德华前往维也纳。我独自去布拉格，因为那里算是相对接近我的最后一站——藏在欧洲大陆深处的华沙。

一月,下午两点半,慕尼黑的天边已经有了落霞。我坐在车上看着景物一点点往后退去,惊喜地发现远处是安联球场,与赫尔佐格和德梅隆建筑事务所擦肩而过。我听着托莉·阿莫斯的《数字幽灵》(*Digital Ghost*),感觉这简直就是一个赤裸裸的电影场景。小伙伴们已经不在身边,独自的旅途或许会更靠近心灵吧!要离开慕尼黑,我才发现人类或许需要的不只是梦境,还有这种简洁而有力的平实精神。

说真的,此时我在怀念着意大利。

我在地铁对爱德华诉说,才离开意大利几天,就已经生起思念。

他说:"你以为法国是意大利的样子,欧洲是意大利的样子,现在你才知道,只有意大利才是意大利的样子。"

A Long Journey in Europe

  我感到自己蠢蠢欲动的心,此刻在灼热地跳动。在这个二十二岁的末尾,不知道为什么,我突然希望自己对命运贪婪一些、狠一些,我突然希望自己想哭就放声地哭,想要无所顾忌地笑就尽管笑,我不再想要那么多的禁忌、拘束与规则。

  我想热烈地渴求,那些熠熠生辉的,一己私欲。

一个人的布拉格

CHAPTER 6 布拉格

Dancing Alone in Prague

A
Long Journey
in
Europe

//

1

/

初识布拉格，应该是因为米兰·昆德拉。

高中时，我买了当时很热门的《不能承受的生命之轻》，搁在书架上许久都未读。大学时遇到一个好朋友J，很钟情昆德拉的书，于是我受到触动，把尘封已久的书拿出来小心翻阅。记忆中，我丝毫没有怀疑过这个故事的真实性，这个并不惊心动魄的故事就像一纸地图的存在，充满情感的细枝脉络。

后来，一个法国记者对我说，米兰·昆德拉也曾经像我们一样，作为一个外国人来到法国雷恩这个小城市的大学里待过三两年。说不定我也走过他走过的路，看过他看过的风景。这样想着，感觉世事很是奇妙。

布拉格的名字有个动听的音调，Prague，舌头抖动一下，在喉中有个小小的停顿。我在一月四日的夜晚来到这个城市，德国铁路公司旗下的旅行车舒适度很高，远比高速火车稳健。坐在我旁边的是一个美国女孩，来自加州，这是她哥哥的新婚月，她和她的家人在欧洲旅游。她说，在这样连续的旅途中，每天早上睁开眼睛都发现自己躺在不同的城市，每过几天就要重新收拾一次行李再度出发。我想旅途中的人都很勤劳，活力程度绝对比闲在家时来得高，个人来说更偏爱这种不断行走的状态，不但能每天更新视野的方向，而且可以持续地调节气场。

我生性依赖，需要陪伴。然而，在过往的日子中，我却给别人塑造了一个独立的形象，让自己看起来并不如内在那般脆弱。时间长了，偶尔也会误认为自己真的

A Long Journey in Europe

如同表面那样，是个独立的女子。但是当真正走进一个陌生的情景，要一个人去完成一段路途，我的脆弱又开始暗暗地作祟。

我的行李很多，装满了一个三十二寸的拉杆箱。对于长途旅行来说，一个值得信赖的旅行箱是非常非常重要的，是你来到陌生城市坚实的依靠；当然，你也要承受它带来的负荷。所以，一个人来到布拉格，便直接面临"轻"与"重"的问题，就像是昆德拉的预言一样。在之前的旅途中，身边有着同行的伙伴们。爱德华，这个天蝎座的男生在我身边，因为他的照顾，大部分时候我没有来自行李的压力。我可以享受完整的装备带来的便捷，又不用担心无法应对那些没有电梯的地铁与旅店。旅行至此，他帮助我许多，但没有成为我的依赖。如若依赖成为习惯，是一件令人生厌的事情。

从慕尼黑告别后，我开始期待独自的旅行。对于轻与重,我毫无概念;对于方向,我也是一无所知。就这样,我毫无准备地闯进了一个陌生的异国城市中。

布拉格的火车站有一台老旧的黑色钢琴。我到达那晚听见一位头发灰白的中年男性在弹奏一首带有革命风格的钢琴曲,规矩的旋律蒙着薄薄的面纱,仿佛在告诉我,中欧带着神秘感的叹息,永远不让人知道真实的面貌。这种气息来得那么鲜明,与西欧的浪漫、自由和明亮截然不同。

换了一口袋华丽精致的捷克硬币,叮叮当当的声音很好听。乘着那长得几乎到达地心的电梯抵达地下铁,四处写满不熟悉的语言,好不容易在猜测与摸索中弄清了旅店的方向。凹凸的古老石头街道上,我拖着拉杆箱步履艰难。年轻的情侣走过来问我是否需要帮助,我礼貌地拒绝。至于为什么要拒绝,我自己也不知道。旅店在热闹的市中心附近,我却兜兜转转找了一个小时,方从各种胡同和小路中成功穿梭,抵达目的地。

一个人在旅馆的房间,省却了很多的言语,只需把音乐打开,自由走动。可以在暖气中不穿衣服,可以在空间中跳舞,可以唱歌,累了直接倒在软绵绵的床褥上。然而我很想说话,也很想倾诉,这突如其来的自由让人无所适从,就像突然没有了观众,不能再卖力地表演。而接下来,我想起要一个人吃饭,一个人行走在这个城市,突然感到微微的退缩。

2
/

这是一个捉摸不透的城。它从来没有被摧毁过,保留了所有的线索,随着时间的叠加,越发深不可测。

这天醒来时,拉开落地窗的白色帷幔,看见天空积满乌云,鸟群盘旋在塔楼顶端,湿滑的街道偶见几个人影。遇见这么美丽的清晨,更与何人说?

我看着远处,重新有了活力,想把这一天奉献给漫无目的的行走。我买了一个热气腾腾的热狗作为早餐,站在十字路口听街头艺人弹吉他,为了搭配布拉格的神秘感,我穿了黑色的长裙,戴上朱红的手套,涂着深红的唇色,有从我身边走过的路人对我微笑,用音调奇怪的中文说:"你好!"在异国街头,别人是你眼中的画,你也可能是别人眼中的画。

在欧洲,越往北,越会明显感觉气温的下降和白昼越来越短暂。冬季旅行,难免会被衣物所累。我是那种总是懒得看天气,懒得看攻略的人。可怕的随性与屋里的暖气让我产生了错觉,这天不小心成了美丽"冻人"。

布拉格沿伏尔塔瓦河而建,河风呼啸着穿过城市的

A Long Journey in Europe

每个角落,穿过各式各样的塔楼建筑,穿过古老的大街,穿过胸前飞舞的丝巾。我忽然很喜欢这样的独自行走,身边没有人,注意力全在自己身上,在自己的眼睛里、耳朵里、触觉里。想往哪个方向走,只需转身,不必问身边的伴侣;想在哪里停下来,尽管驻足,静静地痴迷于突如其来的美丽景象,不必介意旁人的想法;可以像猫一样发呆,也不必考虑三餐,随遇而安;往往独自一人更容易遇到有趣的来自不同文化背景的人。在欧洲,有时候甚至只需眼睛的一个接触,陌生人就会在大街上停下来跟你聊天,简单明了的话题,温暖入心,聊得兴起还可以到街边的咖啡馆喝一杯,而后各自离去继续前行,没有羁绊,没有戒心,多好,多惬意。

中午时分,天开始下雨。雨与乌云都无比契合这个城市的气质。水晶店的女主人长着巫师一样瘦瘦窄窄的脸,脸上带着神秘的微笑端坐在灯光幽暗处,我在月亮型的镜子前试了很多帽子与披肩。雨在下,但我不想打伞,释放双手。

在理查大桥上流连许久,鸟群盘旋在灰色的天空下,星星点点的天鹅流连在江上,船坞,鸣笛,烟雾,江边层层叠叠的红顶房子,建筑的色彩在阴天中为这幅画增添了提亮的笔触。每一尊雕塑都是不同的角色,诉说着不同的故事。经年的雨水已经侵蚀了原本的色彩,读不清灰黑的脸庞背后的表情。

我顺着丘陵爬了很长一段上坡路,在天黑以前站在了布拉格城堡脚下。碰巧的是,这天总统府上有人在发表宣言,白色的制服,红色的肩饰,白花花的头发,金色的徽章,人们冒雨站在小广场上倾听。我这个异乡人什么也听不懂,但当仪仗队奏起庄严的乐曲时,我却从音乐中体会到了某种信念与约束。从高处俯瞰布拉格之城,每个角度都是一幅过于美好的画面,怎么看都看不够,快门的记录只是一种退而求其次的方式。这个城市的美无法概括,过于亘古和纷繁,任何一个凡人都不可能拥有,只属于神明。

我的鞋子湿了,雨还在继续。路过歌剧院,一位虎背熊腰的大叔在派发第二天下午的音乐会节目单,我停下来看,他仔细跟我解释,嘱咐我下午四点记得前来观看。可明天我就要启程前往下一个地点了。

与布拉格的约会是如此的短暂,什么故事都没有留下,只有眼睛见过那些浮光掠影。

这是一个带有着哥特气质的童话。在这里,可以寻找到死亡的印记、血腥的味道、王族的气息、巫术的影子……这个童话并没有过多地渲染幸福的感觉,而是平衡的,对于生死的平衡、好坏的平衡、善恶的平衡,亦正亦邪,细细诠释。它是一张画着迷雾森林、扫把星、吊索桥、古堡、没有笑容的脸、水晶球、面纱的塔罗牌。

入夜时，天变成很深很深的蓝色，这个城市笼罩着不可预测的神情。走过湿滑的石头街道，我来到布拉格广场。圣诞的气息让这里依旧熙熙攘攘，暖色调的花灯、煤气灯照亮了周边的轮廓。我在繁复的过道走了又走，寻找着别致的角度。此刻，我多么想坐下来喝一杯啤酒。然而这个热闹的城市让我的眼睛忙碌了一整天，我感到稍稍有点疲倦，想要回去安静地独自待一会。

于是我再次兜兜转转，迷路了三条街，终于回到旅馆。让我惊讶的是，那里正有意想不到的事在等着我。

3

亚当与卢卡斯是斯洛伐克人。去年五月，我在泰国普吉岛的烧烤店外避雨时遇到他们，那场海边的大雨来去匆匆，我们聊了一阵天便放晴，并没有留下联系方式。

A Long Journey in Europe

半年之后,地球的另一端,捷克的首都布拉格,这个晚上,他们竟然入住了我所在的那家旅馆,碰巧我回去的时候在电梯处碰见他们。让我们再次相遇的概率变得更微小的是,他们长年生活在澳大利亚,而家人在斯洛伐克首都发布拉迪斯拉发,他们每年只会回来一次。这次他们在家待了两个星期,过来布拉格探望朋友。这种相遇的事件几乎是不可能的,但却被我碰上了。

捷克与斯洛伐克是常常被同时提起的两个中欧国家,使用着相同的语言,我来欧洲之前几乎不知道它们之间的区别。两个国家的首都,驾车也只需三个小时。我不敢相信这是他们,更不敢相信的是,我们竟然还记得对方,尤其是亚洲人与欧洲人的脸盲问题如此普及,更难互相辨认。

亚当与卢卡斯比我年长三四岁,是一对大男孩、活宝,说着一口非常流利的英文。命运眷顾我的方式太明显了,再一次有人陪伴的感觉比中了彩票还要值得欢欣,尽管第二天我就要离开了。

我们一起外出吃晚饭,喝啤酒。在我的本地向导的推荐下,我尝了很地道的捷克菜。他们俩从小一起长大,在一起时总不停地诋毁对方,互相揶揄,我想只有感情深厚才会如此没有顾忌。亚当刚刚在布拉迪斯拉发做完文身,抱怨至今还在疼痛。我所理解的文身是一小块的事情,在肩胛或者小腿什么的,于是我嘲笑了他好一会儿。晚上回到旅馆,亚当把上衣脱下来,我吓了一大跳,他强壮的后背上就是一幅完整的刺青,刺着希腊神话里面的神与兽,有好几处还在结痂。我彻底震惊了。我问他是不是受了什么打击,是不是打算去越狱,为什么会下那么大的决心,因为这样的文身是会跟随他一辈子的。他回答说,当他是一个小男孩时,他就很想去做这件事情,如今,终于忍不住要把它实现,狠狠地解决了这个历史遗留问题。

A Long Journey in Europe

　　几天之后,卢卡斯将返回澳大利亚,拥抱夏天的阳光沙滩和美女;而亚当把这一年的假期都累积在这时,准备飞往亚洲几个国家,从斯里兰卡开始一段一个人的旅行,像个自由的疯子一般奔向神秘的东方。但如果我们不是热爱旅行的人,相信也不会一次又一次地遇到。

　　这样的小插曲,无限扩张着旅行的内容,融化着固有的观念,让我体会到生活的各种出其不意的可能性。

4
/

　　一月六日,天空放晴。一大清早,卢卡斯便说要载我四处逛逛,我坐在车里再次环视这个城市。掠过的楼群和行人,换了不同的角度,又看到城市的另一个模样。

天是霸道的蓝,不知道为何,这样明艳的蓝色让我忽然想起那个凄美的故事——被刺瞎了双眼的布拉格天文钟设计师,把生命终结在自己绝美的作品中。美诞生的背后,是残忍的疼痛。在维瓦尔第的《冬》的乐章里,从急速的快板中,我也听到了相似的感觉——美丽,凌厉,虐心,欲罢不能。

列车抵达华沙的时间理应是今天晚上,然而这一天是个并不顺利的日子。我与卢卡斯吃了午餐后,离我出发的时间只剩下半个小时,他把我送到布拉格的火车站时只剩下五分钟,我匆匆忙忙地寻找出发的列车。然而英语在捷克真的不怎么普及,我几乎无法看懂站牌的指示,于是卢卡斯作为一个纯正的当地人,赢得了我全部的信赖。他给我指了一节火车说就是它,然后与我告别,给了我一个熊抱,说以后来澳大利亚一定要找他。告别完,我就拖着拉杆箱跳上了车。

A
Long Journey
in
Europe

    这时，我的心却扑通扑通地跳个不停。这是一种很不祥的预感，以前上小学犯错后等待老师惩罚时有过这种感觉。时间一分一秒地过去，我上的那辆火车纹丝不动，而旁边轨道的火车在十三点五十五分准时呼啸着离开了。我心里一边想着倒霉的事情千万不要发生在我身上啊，一边拉着行李走下火车逮住一个工作人员询问。他的脸上浮现麦当劳大叔式的笑容，然后拼命地摇头说："NO，NO，NO……"他的英文水平仅限于此，最后用手语和肢体语言告诉我，我要上的那趟列车已经离开了。一瞬间，心碎的感觉弥漫了整个身体。

    但是，与其继续跟这位麦当劳大叔比画手语，还不如赶紧去处理一下我的车票。我感觉自己笨死了，但至少我的表情是镇定的；我的心跳处于一个不安的频率，但至少我的脚步是沉稳的。我换了最近的一班火车，晚上九点五十五分出发，第二天早晨七点二十五分抵达华沙。这也意味着，我将要在布拉格的火车站里度过大半个白天。于是，我找了一间有无线网络的餐厅，开始强迫自己阅读，转移情绪和注意力。

我不是个爱抱怨的人，然而在火车上坐着过夜这种事还真的是第一次遇到。尤其是对于一个已经出走了大半个月，并在布拉格火车站里闷热的暖气餐厅中度过了一天的人来说，这应该能称得上是一个愉快的折磨。但我的心情是镇定的，因为由此至终我都抱着一种"上天要我去哪我就去哪"的心态。于是，九点五十五分，这次我没有再上错火车，由此我踏上了去往华沙的旅途。

在独自的旅途中，总能轻易地遇到许多人。这些人在过往的生活中毫无出现的征兆，然而在路上遇到就是遇到了，毫无意外。车厢里有六个人，一位浑身酒味的波兰大叔，一位老奶奶，一位年轻的波兰美女，还有坐在我对面的东欧华侨陈先生，以及我。

A
Long Journey
in
Europe

  坐在我旁边的波兰老奶奶，裹着厚厚的头巾，应该有七十多岁，我看着她，心想她一定经历过这个国家的战争。她拿出塑料袋里的菠萝切片给我们车厢内的人吃，大家笑着婉拒了。与陌生人分享口袋里的水果，记忆中这是一个非常乡土、非常淳朴的方式。在漫长的夜晚中，我们都尝试着入睡，然而怎么都无法找到一个舒适的姿态。波兰奶奶挪动胖胖的身体，给我让了个位置伸脚，对我投来长辈般的笑容。我想起了我的奶奶，在我小的时她给我讲故事时，也让我把脚伸到她的怀里。在异国他乡想起年迈的亲人，眼眶轻易地红了。我跟这位波兰奶奶不能用语言沟通，我对波兰语丝毫不懂，她对英语和中文也是丝毫不懂，然而我却被她感动了，因为我儿时温暖的记忆在此时苏醒了，心中有说不出来的滋味。

  坐在我对面的陈先生来欧洲已经三年，他的父母居住在德国。在列车员检票时，他被用英语问了几个问题，全部回答不出来，我心里感到惊讶，就替他翻译了一下，他万分感激。我心里好奇他是怎么在不会英语的情况下生存在欧洲的，因为我这样会英语的人有好几回都觉得无法存活。但他的回答很是睿智，他说每到一个地方，都有朋友的照应。于是，在接下来直到天亮的旅程中，一个身处校园象牙塔的学生，与一个埋头工作多年的已为人父的八零后，笑谈各自的人生。不久，天已亮，沧桑的华沙出现在外面。

旅行中我不会刻意去期待，我喜欢陌生的地方带来的惊喜。期待是毫无意义的，那是虚幻的想象，只有亲临一个地方，碰触到的空气、味道、颜色、质地才是真实的。陈先生请我喝了杯星巴克，然后把我送上出租车。天正式亮了起来，这一天又是晴天。

经历过路上的波折之后，我终于在一月七日的清晨踏上了华沙的土地。旅途的疲劳爬满我的发梢和脸，抵达这里时我已经没有多余的力气去思考。然而，在前往旅店的路上,我坐在干净的出租车中,透过车窗的第一眼,便看到华沙科学文化宫。晴天,苏联建筑,新城市中心……我知道,这个城市一定会带给我满满的好运。

这是这次旅行的最后一站,接下来我将进行两个星期的交换生生活,每天早晨到商学院上课,有自由支配的下午和夜晚以及周末。一边旅行,一边学习,世界上有什么比这样的生活更幸福呢?我追求享乐,也不介意付出努力。我对快乐有着天生的奴性,想到可能的欢愉在不远处,便心甘情愿地忍受一切辛劳。

CHAPTER 7 — 华沙

华沙的白日梦与爱

Pianist's Love and Fantasy

A
Long Journey
in
Europe

//

1

/

    我曾经跟许多人说我喜欢肖邦的音乐。我不断地说啊说，把喜欢的感觉毫无保留地表达完了，最后却失落无比。谁没有过那种感觉？喜欢一样事物，说多了反而有种耗尽的感觉。真正的喜欢要死死地埋在心底，谁也不说，就算要给谁知道，也要半遮半掩地透露，用神秘感来保护那种喜爱，最后那样事物才能高贵永存。

    但我的性格就是这样，掩不住喜爱，藏不住悲伤，一路奔跑欢歌或流泪哭泣，仿佛要把所有都告之世人。更何况，这次我真的要去华沙了。啊，华沙！我心里强烈的宿命感又触动了情绪的沸点，真性情又不禁流露出来。

小时候，我看过许多名人传记，可是能记得的只有肖邦和居里夫人；我听过许多古典音乐，可是出国时身上只带了一本肖邦的钢琴谱；我从童年过渡到青春期的那些年都在听李云迪的演奏，他弹奏的肖邦钢琴曲几乎印入无数个日与夜；《钢琴家》这部电影我看了好多好多次，甚至在美院的电影选修课上，当老师衷情地讲解《辛德勒的名单》时，我在一旁情难自禁地流泪不止。

我想我从很早之前开始就喜欢上了华沙。当时对我来说，华沙是神秘东欧上一个遥远的存在。那片土地孕育过许多许多的欢喜与悲伤、和平与战争，我只是一个诞生在东方的平凡的灵魂，然而似乎感觉到了华沙的召唤。

我仿佛昨天还在家里，蹲坐在音响前想让肖邦的钢琴音符嵌进我的每次呼吸，而今天，我却要亲自踏上这片土地。以前,华沙只存在于电影、书籍和音乐中,我从来没有想过有一天自己会真的来到这里。

如同曾经在二战中遭受创伤的所有地方一样,这个城市的伤痕四处可见,历久弥新。这样说非常残酷,然而却是事实。欧洲没有哪个国家像波兰人民那样喜欢带着忧郁的情绪来回忆历史。回忆历史并不是不好,那忧伤也不是不迷人,但会让人窥探到伤痛。在西欧人身上,我看到的更多的是骄傲,甚至有些时候西欧人的骄傲会过分耀眼,让人难以亲近。然而在波兰,人是友好的、谦让的,充满同理心和同情心。在法国的半年里,我已经接触了太多的法式傲慢,波兰人带来的感觉完全不一样。

我们住的地方并不在市中心,但坐有轨电车前往市中心也不过十几分钟。这个冬季交换生项目中,学校已经替我们订好了青年旅馆,位于一片相对比较安静的区域,四周建筑物残旧,周围只有一个家乐福购物商场。跟我一同前往华沙的同学今天都去上课了,我办理好入住手续,把行李寄放到旅馆后,打算用一顿正餐慰劳下长途跋涉的自己,给自己打打气,尽快回到学习状态中。然而,我走遍附近的几条街道,竟然没有发现一家餐厅。有的只是几家小型杂货店,卖面包、烟酒和小生活用品。在中国一线城市,那种小店恐怕早已经被淘汰了吧,取而代之的是明晃晃的连锁超市。

天气很冷,呼出的气都是白色的,我饥肠辘辘地在寒风中瑟瑟发抖。这种时候总是极度渴望身边有人陪伴,我是多么容易受环境和遭遇的影响,内心的懦弱显而易见。哈哈气,搓搓双手,随便买了点小菜回去自己下厨。尽管是个容易掉眼泪的人,但最后我都能把一切一声不吭地独自做好,我只是希望有人与我分享这陌生的好与坏而已。

A Long Journey in Europe

　　一切恢复正常是从这个中午开始的。课后，同学们的身影陆续出现在旅馆，过了大半个月重新见到熟悉面孔的感觉真是棒棒的。在他们的追问下，我难免要把自己从布拉格到华沙的曲折经历耐心地重述几次。之后，我们坐下来一起吃饭并开始计划两天之后的课上演讲。辗转的旅途所带来的正面力量就是能让人迅速适应各种不同的环境和角色，不敢有一丝懒惰和怠倦。我也为自己这种调节情绪的速度感到惊讶，相比以前活在长辈庇护下无所事事的那个小女孩，我更喜欢当下在生活中越来越有力量的自己。

　　波兰人对中国朋友有着无比热情的心！当被告之我们来自中国时，大部分波兰人的反应是："啊，中国啊！真是个好国家啊！"

　　有一天下午，我们几个女生计划外出寻觅一家中餐馆吃晚餐，在车站踌躇着不知道该如何乘车。一位背着背包的波兰小哥走过来，我端详片刻，感觉他应该是个受过高等教育的年轻人，于是问他会不会说英文。他用流利的英文回答了我们的疑虑，并耐心地介绍路线。他也许对这几个来自遥远东方的女孩感到不放心，最后决定亲自带我们前往目的地，并和我们一起坐下来边喝东西边聊天，帮助我们了解华沙。这位小哥告诉我们，他家住在一个农场里，爷爷是个养蜂人，父亲爱好打猎，他自幼在大自然中长大，家里养了几匹马，冬天来了他们会举家去滑雪，于是他更喜爱大自然而不是大都市。他会说日文，一年前他曾跟随父亲去过日本，对神秘的东方有着特殊的感觉。他说见到我们的时候，记忆中的某些东西跳了出来，让他忆起亚洲的旅行。当然，他无法分辨亚洲脸孔，也辨析不了中国人和日本人、韩国人的微妙差别。饭后，他带我们去市中心的商业广场，耐心指引方向，与我们以单脸贴面礼告别。

华沙是一个非常独特的欧洲城市。在欧洲，市中心大部分都是古老的建筑，几百年的房子里依然住着工工整整的人家，他们对历史的执着捍卫是显而易见的。而华沙的商业中心跟中国的都市商业圈非常相似，可以看见许多现代的超高层建筑。后来走了很多博物馆，我们才了解到二战时期华沙市内被摧毁的建筑物多达百分之八十。在那灰色调的战争博物馆里，我的心情是沉重的。波兰籍的老师说，波兰的地理位置很尴尬，处于德国与俄罗斯之间，他们是好斗的邻居，一言不合就发动战争，还把战场放在波兰。可以看到，战争的气息至今仍充满着这个国家，连首都华沙的名字 Warsaw 中都带有一个 War。

这个城市的美感显露出来，我渐渐喜欢上了这里。在十二月的时候，我曾经看美国占星师苏珊·米勒的预测，说一月会是个非常美好的月份，是个充满爱情与艺术气息的月份。我在这种充满希望的话语面前将信将疑，但这一次我选择了相信。为什么不让自己像孩童一般有纯粹的相信呢？因为抱着爱的希望，这个城市看起来格外迷人。只要心里有了爱的感觉，眼睛会聪明地发现各种浪漫的气息。

2

常常越渴望的事越不会出现，要出现的总会在意料之外发生。关于感情，以及在许多事情上，无论人如何刻意祈求都未必能如愿，上帝自有安排，因此一切"抵不过缘分的交错"。

有人坐在街角的咖啡厅，抽根烟，弹几下烟灰，爱情就来了；有人跑遍全世界，也许在某个山脉的落日余晖下与另一个灵魂相遇了；有人日复一日地在一个城市生活，说不定某天走了与以往不一样的路就遇到了那个对的人；而有的人望穿秋水，始终等不来，即使等来了，还是会溜走。

所以,最好的办法是放松地活在当下,把忧虑抛给上帝。不刻意也不强求,这样当美好的事物出现时,方能有最真切的惊喜与感动。

我相信,会有这种幸事降临的。这可是我的切身体会——在这里,我不经意地遇见了生命中的第一场雪!好吧,这样说可能有点诙谐,南方人会感同身受,但对于北方人来说,雪是何等平常啊。其实,让这场雪变得有意义的是,在遇到雪的同时,我还遇到了一位年轻的钢琴家。

我并不知道这里此时会下雪,我没有多余的心思去关心天气。我也不知道他会出现,尽管我占星看到了几丝未来的趋势,如果直白地说"我知道你会来的",那未免太不可思议了。占星师说一月十五日的满月前后会有浪漫的事发生,有些人对这样的说法嗤之以鼻,信之如我者,若把此当作先知的眉目,似乎在对命运作弊。而说出来的事,上帝还会再理会吗?我很担心。

当然,我是无时无刻不在期待着一些特别的人走进我的生命中。那些可爱的人的到来,会让我们漫长而枯燥的一生变得熠熠生辉——他们是漆黑夜空中明亮的星,是原野上的萤火虫。我珍视这样的相遇时刻,相遇的方式可以有很多种,而我喜欢简单、真实的方式。例如,他在列车上坐到我的旁边,而我们正要去往同一个地方。人与人之间,除却心里沉重的来自过往固定意识的障碍,除却对世界的不信任和防御,让自己变得轻盈与纯净,这样更易与别的灵魂感应与相遇。也因为没有了沉重的负担,灵魂与灵魂之间才能交谈。两个背着重担的灵魂相遇,彼此喘着气,抱怨生活,怎么能够谈心呢?

那位旅欧青年钢琴家叫杰樊,下雪的前几天,我遇到了他。一开始,简单的交谈中,我知道他是个音乐人,并不知道他是个青年钢琴家,只是感觉他身上带有浓厚的艺术气息。他给人的第一印象有点傲娇,也很有吸引力。我告诉他说,我非常喜爱肖邦的音乐,来到华沙像是命运使然。这样的表达很浅薄,因为对于他来说,很难再说出喜不喜爱某位音乐家的音乐这样的话了。他与钢琴结缘实在太久了,仿佛跟钢琴成了结拜兄弟一般。十几二十年过去后,不再靠喜爱这样单薄的感觉来坚持。就像每段感情都需要经营一样,他与钢琴应该是定情终身了。但对于我,除了默默地喜爱之外,对于音乐,我什么也做不了。我与世界上所有平凡的人一样,喜爱着音乐,却每天都干着与音乐无关的其他俗事。对我而言,唯有这样与音乐保持着距离,方可持续而纯粹地喜爱音乐。我做事情缺乏耐心,性格里带着鲁莽的因子,对很多事情都难以持之以恒。

我感觉他是那样高贵,气质超凡脱俗。也许一切皆因他与音乐相伴许久,至今仍在坚持,音乐伴随他成长,也升华了他的气质。我本以为他这样的年轻钢琴家会很高傲,但庆幸的是,杰樊比我想象中的要平易近人一百倍,他的谦逊甚至让我感到有点不好意思。尽管他非常非常忙碌,还要为即将到来的欧洲巡演做准备,却依然答应带我去看看华沙。于是,我们约定在波兰皇宫门外的圣诞树旁见面。

我涂了圣罗兰 1 号口红,想让初次见面更有气氛。他比我高大许多,掌心宽厚而温暖,天气很冷,我们正经地握了手。他应该感觉到我的手过于冰冷,不断提醒我在华沙记得要添衣。

他带我去圣十字教堂,我们走得不太灵活,我很害怕阶梯的冰晶会让人滑倒。推开教堂厚重的木门时,他低声建议我把帽子摘下来。神父正在用波兰语颂念上帝的指引,教徒们安静地坐在长排的棕色古木椅子上,当神父停下来，堂皇嘹亮的管风琴乐曲随即充盈在四处。肖邦的心脏被安放在此，在玉白色的大理石柱子中，柱子上方还有他脸的雕像。小时候看过肖邦的传记，我非常清晰地记得那句话："他的心脏被送回了故乡华沙。"我还没有到过他在巴黎拉雪慈的墓地，却来到了安葬他心脏的教堂。

杰樊对我来说还是一个才正式认识的陌生人，我却因为他来到了这里。杰樊是肖邦音乐学院的学生，他在华沙好些年了，熟悉肖邦的曲子，也常在欧洲巡演。好些年是多久呢？我想了想，几乎在我整个大学期间。在这样的年纪，几年里发生的事丰富得足以让人的命运天翻地覆。这样想了想，忽然感到时间的悠远与丰厚。

这天恰好是周一，肖邦博物馆的闭馆日。杰樊的学校就在旁边，从博物馆绕了一圈，他带我参观他的学校。远远走近肖邦音乐学院，便听到随风飘出来的零零碎碎的音乐声。晚上有一场小型音乐会，有人陆陆续续前来，带来往日没有的小热闹。

恰好杰樊的一个朋友在钢琴房，于是我来到他们平日练琴的地方，我恳请他们弹一曲。片刻，杰樊脱掉外套，坐在斯坦威三角钢琴前，双手一碰触黑白键盘，音符便流动出来，旋转飞扬在琴房里。十几分钟的曲子，力量贯穿始终。他的呼吸声与挥手的力度，他的卷发跳动的频率，构成一个以往我只在荧屏上见过的有声有色的画面。我站在他的右后方，安静地屏息听他的琴声。我第一次这么近距离地看别人演奏这么高难度的曲子。他弹琴的时候非常有魅力，我确实非常想要记录下他弹琴的姿态，但觉得拍照似乎是一件非常不礼貌的事情，于是按捺住了这个念头。认识杰樊的时间如此短暂，却有汹涌而至的感动。

在琴房的半个小时太美满了，我立刻感觉到身上的血液急速地流动，对音乐触电的感觉连通着我与华沙这个独一无二的城市。也许是过往我太少接触古典音乐界的朋友了，也许是我长久地喜爱一样事物把有关的一切美化了，反正我心里的感觉是：在做梦吗？这样的事情怎么可能发生在我身上啊？这样的音乐，在我的想象中，应该是他在聚光灯照耀的台上演奏，我在暗处的观众席聆听才对。这样的想法源自我长久活在世俗的规则里，无法相信眼前的一切，我太缺乏勇气了，不敢去用心拥抱这样的美好。在过往的日子里，我给自己累积了太多的限制，以至于我的表达是笨拙的，跟不上眼前突如其来的惊喜。

但这不是艺术要有的感觉！艺术是不需要界限的。真正的艺术的感动是狂野的、洒脱的、不受与时间空间限制的，只要能真挚地把热爱的心呈现便很好。无论是钢琴、芭蕾还是书法、绘画，只凭情绪是无法抵达自如的境界的。要想在这条路上一直往前走，岁月的历练是漫长的，心力和体力的付出也是普通人难以想象的。我这等凡人只懂口里说，笨拙的双手无法做出点什么。

这几年，我漫无目的地走了很久，遇过的事情不少，走过的地方也不少，然而还没有找到自己可以为之付出一辈子的事，也没有找到独属自己的表达风格。但风格对于从事艺术的人来说，是多么的重要啊！这是我遇到杰樊后突然觉悟到的东西。他的一首钢琴演奏让我看到了表达的深度，当看到他的手指在琴键上跳动、游走，音符流动在那个空间里，我心里有着一闪而过的剧烈疼痛。那是前所未有的感觉，那一瞬间我觉得言语是苍白的，伴随着的是心中潺潺而来的暖流。

温度很低，可我心里是热热的。我是如此的相信，从这一天晚上开始，华沙将要在心里刻上永不忘怀的一笔。

A
Long Journey
in
Europe

3
/

　　这个早上，我们跟往日一样乘有轨电车上学，气温依然很低，地上结满了冰，像天然水晶一样迸裂。早上的华沙静悄悄的，偶尔见到灰色的鸽子在路边觅食，它们的世界那么简单，得到一点面包屑就开心得扑腾起来，打破了这个清晨的宁静。天空时不时地掉下几片稀疏的雪花，我嗅见了冬天真正的气息。

　　有轨电车驶向学校，我观望着窗外的一切，景色陌生而让人好奇。雪越下越大，青绿的草地盖上了雪白的薄毯。雪随风的方向飘去，有轨电车在往前，雪在往后飘散，我感到心跳加速，整个天空荡漾着冬天的歌声，雪的舞蹈缓缓和着冷冷的空气在天幕下掠过。

整个早上的课都心不在焉，窗外，雪在以一种和缓的节奏持续地下，而远处的草地、汽车、树枝、屋顶，都披上了白色的雪顶。室内的暖气是如此充足，而我只想拥抱窗外那白茫茫的世界。

人生中遇见的第一场雪下得如此善意，不紧不慢，恰到好处。在同一个城市里，杰樊应该在琴房里，与他的音乐在一起。他也会看着同一场雪吧？等世界变得白茫茫的，黑亮的钢琴上就会有美丽的倒影。

下午的时候，杰樊邀请我去吃晚饭，说他亲自下厨。宇宙在祝愿我有一个美满的一月十五日。我想把这天晚上称之为"人生第一次看到雪，与钢琴家共进晚餐"，于是想要让自己的一切都美美地出现。在这样的念头下，我无法平静，好像无论如何准备，都是不完美的。结果我迟到了好久，虽然我奔跑了好长一段路，仍让他在雪中等了我一个多小时，他连声说没关系，我为自己的迟到羞愧得面红耳赤,恨不得把自己埋进雪中。

    天已经完全黑了,雪变得很小。雪在黑夜中散发着柔和的光,整个世界都无比静谧,我与杰樊走在安静的大街上,这样的场景美好而遥远。过去的生命里,我从来没有夜晚走在白雪皑皑的大街上。但对于杰樊来说,这只是寻常的一段路,晴天或雪夜,他已经走过无数次,或孤身一人,或结伴而行。而我是一个偶然的闯入者,甚至连雪都没见过呢。我猜,我们的心情应该是不一样的吧。也难怪他的脚步那么从容,而我走得跌跌撞撞。因为这是他的生活,却是我的一次幻觉。

    杰樊的手长得真好看,那是一双有故事的手,那么修长,那么伤痕累累。十指指尖上已经磨出了一层茧,指甲也都受了伤,有指肉分离的痕迹。它们跟钢琴之间有过多少爱恨情仇啊!今晚这双手离开了琴键,给我做这顿晚餐。寒冷的雪夜被隔在窗外,屋里温暖如春,钢琴安静地在一旁呼吸,仿佛在暗暗观察我这个陌生人。我总觉得这样的场景是不真实的。前一天我看到他弹琴的模样:他的卷发随着呼吸在音律中颤抖,他的笑容带着忧郁,他温柔时轻轻垂下的眉,他的双手灵活有力……音符在琴房里回旋,染着他的体温,灼热了空气。而此刻,我看到的是他在音乐之外的平淡生活。屋里很安静,食物的味道飘散各处,灯光柔和。在这白雪茫茫的西欧北国,我已经离家很远了,绕过了半个地球,但我心里却如此安定,像是不曾受到伤害,像是不曾有过绝望。

我知道,真正能让我们快乐的是自由——心灵的自由和表达的自由。然而,是否我们都背负着世俗给予的罪恶感太久了,以至于都不懂得轻盈地呼吸,为自己善良的原初而羞耻?我像个罪人一般,从自我禁锢中走出,学着拥抱一个陌生的世界。这段路是如此艰难,每一个迈出去的脚步都异常沉重,我用了那么多力气,想要让自己挣开过往的枷锁,原来我还只是在路上,还没有抵

A
Long Journey
in
Europe

达那扇门,我是被困迷局的人。

此时,杰樊的声音和笑容平复了我的心情。他跟我面对面地坐着,对我说着鼓舞的话。我看见了另一个勇敢的灵魂洒脱地活着。这些年来,他说他想要说的话,做他愿意做的事,无拘无束地表达自己,艺术家的放浪不羁和绅士的优雅在他身上得到了完美的统一。

他的笑容,谦和中带有一抹沧桑,透露出过往年华里经历过的磨砺。但我知道,之前的人生里有过的挫折都不算什么,此时此刻,我们完好无缺地坐在这里,身体和灵魂还那么年轻有力。我相信,未来的路不一定平坦,但只要像他一样坚持下去,命运必将打开一扇门,终将找到那个快乐、圆融的自己。过往的困境在这白雪的深夜,在浩渺的星空下,显得微不足道,都将变成照亮前路的光。也许是热酒让人心跳加速,我看着眼前的这位钢琴家,感觉心里充满了前所未有的勇气。

只认识几天的我们，相对坐着，我生性胆怯，不擅表达，只是安静地听他说话。波兰果酒有着香醇的谷物味道，酒与艺术息息相关，一直游走在灵魂与肉体的界限里，试图让两者得到松绑。酒是直抵最真实、最原初的欲望，这种欲望有时会让人使坏，但也酝酿着一切。欲望常常给人以不洁净的感觉，也因人们的惧怕而被赋予太多的不纯粹，因而又如此复杂。艺术常常探讨的不正是欲望吗？因为要直面欲望，艺术家们要亲自走进混沌深处，踽踽独行——满身的油彩，飞扬的碳粉，创作的孤独，汹涌的情绪，无数个因为音律而失眠的夜晚，常人不能理解的生物钟……这一切让艺术家的生命乱糟糟又精彩至极。而世俗世界里的人们，总是一边习惯遵循着既定的规则坐享其成，一边批评艺术世界的混乱与肮脏，却不知道那些规则正是勇敢的先辈从混沌之中，一步一步过滤后得到的精华。

然而,艺术怎么可能是肮脏的呢?它一方面是美与爱,一方面是不偏颇地对待丑与恶。艺术是人与自然互相赠予的恩惠,是一场人类自发性的革命,带着探索与表达的本能。

一旦选择向艺术之路的深处走去,则需要恒久的耐力,同时亦要有不灭的激情。真正的艺术家,常常不是普通人印象中的那样乖戾怪诞。这条漫长而艰难的路,要求艺术家孜孜不倦地参透世间万物,会磨砺出成熟的灵魂。越是修为高深的艺术家,个性越是丰富有趣,越是拥有自由的灵魂。越自由的灵魂,越接近真谛。但灵魂获得自由的过程,是一个艰辛蜕变的过程,必须经历悲喜跌宕,学会对名利云淡风轻,方能顿悟。

晚餐中,我沉浸在关于艺术与灵魂的思索中。杰樊带着不偏颇的态度对待这个世界,我感觉到他有一种艺术家独有的纯洁的热情。他在自由的路上比我走得远。

他偶尔也会用几近放浪不羁的言语描述生活，我好几次被他言语中的直白惊吓到。因为我长期活在规矩而良好的圈子里，已经远离艺术世界很久，失去了一个艺术人应有的清醒。那种颤抖的惊吓之后，我心里某种坚硬的东西被打碎，继而有暖流从中涌出。

我多么幸运地遇到他。他与他的生活相处的方式，让我感到慰藉。一个对待生活不自私的年轻艺术家，一个乐于与人分享的人，温暖了这个下雪的夜晚。杰樊内心有着敏锐的情感，我不知道他与他的自我相处得如何。很多时候，我都感觉到他内心的激烈，一次次冲击着我的平静。

我对他说，我不想轻易去巴黎。他说，你是在等待一个特别的人跟你去。我对他说，我害怕爱的感觉来得很快，又匆匆走掉。他说，是由于你不够专注。我对他说，我喜欢与人保持着一个安全的距离，免得失望。他说，是因为你不够勇气,失望并不值得害怕。许多次的无言而对,然而我心里却认同他锐利的言辞。

时间迅速地溜走,仿佛跳跃的烛光一寸寸燃烧成灰烬。保持着距离在圆桌上聊着艺术、聊着人生的我们,都为时间的流逝感到惆怅。我在心里盼望这个夜晚可以长一点。但终究会有结束,他送我回去。我们再次走进雪中,此时的夜有着无与伦比的美,厚厚的积雪散发着柔和的光,眼前的景象黑白分明,天空中繁星点点,路灯萦绕着轻雾。地上凝结着冰层,我小心翼翼地走着,杰樊怕我滑倒,轻轻搀扶着我。这是一个让我想要永久地抓在手心的场景,然而我们都不再说什么,只安静地呼吸着此刻冷飕飕的空气。

等待车来的时刻,他站在我的旁边。我清晰地感觉到他温暖的气息,再次偷偷端详着他,蓬松的卷发,魁梧的身躯,安静时看起来有点忧郁的微笑。这个绝美的夜因他而烙印在我心中。我多想握紧他的手,在那短暂的时刻里给予一个拥抱,以不负这夜色的温柔。可是我们始终恭敬地保持着距离。他这样默默地送了我一段路,突然我不小心滑了一下,他把我扶着。我触碰到了他的手,在夜晚的微光中默默地端详着那受伤的指尖,触摸到了力量与疼痛的印记。我讨厌有轨电车里面那明亮的白炽灯,再一次想要把脸埋在暗处。然而焦急的眼泪找不到方向逃逸,心里说不出的不舍。在中转的车站,他的静默让我突然很紧张。我意识到要告别了,心中满是兵荒马乱的感觉。我糊里糊涂地走上回去的车,他在路上向我挥手。车已从雪中驶出,我从模糊的车窗中看到他的身影,街上人来人往依旧,心慌乱地跳,感到呼吸的力气都被遗失在身后。

驶过几个街区后,我走下车,忽然失去了方向感,不知道应该左转还是右转。我记不起圣诞树的方向,记不起博物馆的方向。我给杰樊打了个电话,他的声音刚刚还在身边,现在已经很远了。雪花形状的灯光投射在皇宫朱红色的墙上,酒吧门外有人在抽烟,结冰的地上布满脚印,让我觉得随时都会摔倒。我走过来时的路,走过圣诞树,走过屋顶上盖满雪的楼群……回旅馆的路,我走了许久许久,平时感觉距离不远的路,此时带着漫长的叹息,让人步履艰难。我在雪夜的静寂中蹒跚,一步一步。

或许,我们这辈子都不会再见到了吧。然而,我还是想走慢一点,让这个夜晚长一点。

4

我常有一些幻觉,这些幻觉伴随着我心中念想的人,因此我的眼睛看到的所有风景、耳朵听见的所有声音、鼻子嗅到的所有味道,都刻上了那个人的气息与印记。

在华沙的街上，在转角处，在不经意中飘进耳朵的音乐，在零零碎碎的欢声笑语中，在雪地上布满的脚印中，我在寻觅着那些千丝万缕的联结，捕捉着驻留在各处的气息。

白天课余，我们流连在这个城市大大小小的博物馆与美术馆，在老城中寻觅美食，寻找美丽的角度，按下快门留作影像。

我有一群有趣的朋友在身边：来自墨西哥的男生是个艺术爱好者，我们一起走过许多艺术博物馆；来自法国的三位男生热衷与我们中国女生打雪仗，在堆满积雪的车站，在各自的窗台，飞来飞去的雪团填补了童年缺失的欢乐；还有两位南美洲的漂亮的女生，喜欢与我倾诉她们恋爱的经历和感觉。

华沙不算昂贵的物价和从不让人失望的美食，给旅人带来了绝佳的体会。下午闲暇的时间,我们会外出喝下午茶,陪伴左右的几位中国女孩如此亲切可人,充满好奇,喜欢听我讲星盘中看到的迹象。奇妙的是,我们都是来自水相星座,千回百转同聚在此。很多个夜晚,商学院的朋友们在旅店的休息室中喝酒至半夜,分享各自的往事经历。常常下午五点前后入黑的时间是在热闹的晚餐和游戏中度过,来自不同国家的我们欢聚一堂,在这样的时刻,语言与文化的障碍都不是问题。

命运美妙,峰回路转。命运之神常常如此眷顾我,我是芸芸众生中平凡的一个,却在这里得到了弥足珍贵的礼物——那些值得铭记许久许久的邂逅和回忆。这个城市因这群好友和热心的人们而变得亲近,也因由杰樊的出现而与众不同。这一个月在欧洲的旅途中,我走了好几个城市,每个地方都以其独特的魅力吸引着我。如同一首叙事曲一样,这次旅行在华沙走到了高潮。

一月十七日,我在这个城市的最后一天。傍晚,我们登上了地菲尔德广场的华沙科学文化宫,这个高塔是我初次抵达时与这个城市的第一次对视。我们本想在下午四点多的时候就登上去,在高塔上喝杯热咖啡,看天色渐暗,看华灯初上。但这一天四处弥漫着雾气,淅淅沥沥地下着雨,迷蒙得如同仙境一般。我们登上高塔,在高空中,已经看不见远方。然而氤氲的灯光,让华沙美不胜收。我看见视野中缩小的广场铺满了积雪,树丛披着白衫,雾气像是水彩一般模糊了城市的轮廓,远处的道路上车辆画出流动的线条;我听见风声呼呼,冰点的风从镂空的塔楼四处穿梭,仿佛染上了灯光温暖的色彩;雪爬满栏杆,爬满黑色的方格窗,我用手指轻轻掠过,零零星星地抖落。我绕着高塔走了一圈圈,直到双手冻得不听使唤。看着遥远的画面,我思绪万千,脑海中肖邦的音乐一遍又一遍地回旋着。我在积雪中用指尖写下此刻心里记挂的那个名字,凝望着他的城市,让夜空替我铭记那说不出的思念。

每一个呼吸，每一个脚步，都灌注在记忆中。夜晚，我又回到老城的波兰王宫附近。那天，在这里巨大的圣诞树旁边，杰樊伸出温暖的手向我问好。此刻，我一个人重新走在湿滑的楼梯上，走在人来人往的路上，任往事纷飞。灯光映照在雪地上，我慢慢地穿过莫斯托瓦街，来到肖邦博物馆。这一切熟悉又遥远，像是我千里迢迢来求证，像是在寻找一个遥远的信仰，一个诞生于童年时代的梦。是他的音乐贯穿了我整个青春期并持续至今，以前我还不能确定那些虚幻的启示和触动是否真的存在，抑或只是路过彼时的生命。而今站在此处，我再一次相信，一切不经意的选择都会决定命运的方向，每一次心跳与每一个动作都会引发行走的轨迹。在许许多多个命运的交汇点上，我们早已触动了下一刻的发生。

过往带来的不安定感，融化在博物馆回荡的钢琴曲中，我透过落地镜子看到自己。在成长的岁月里，我的内心一直保存着一个秘密印记，在迷茫中让我清醒，在困顿中给我勇气，像是过去的自己送给现在的自己的礼物。

此刻，晚上十点十分，我强烈地感觉到杰樊就在周遭，我们仿佛被相似的音乐、感觉和时空牵连着。我从博物馆里走出来，再次来到肖邦音乐学院。我情不自禁地回到这个地方，来跟他道别，说声感谢。如果不这样做，我一定会心存遗憾。无论是否相见，我必须要来到这里，在心里说声再会。这个仪式是对我自己的坦诚，也是对他的尊重。我多么想在临别前跟他再见一面，然而我害怕心中游走在遗憾与甜蜜边缘的感觉被打破，宁愿一直停留在若即若离的美好中。又是一个美好的夜，我沉溺在飘荡的音乐中，感受沾染着他气息的一草一木。

最终，我还是没能见到他。已经过了小音乐会的时间，学校里人不多，琴房附近断断续续的钢琴声还在继续，只是不知道哪一曲是杰樊演奏的。雨落在我的衣服上、手心上，强烈的直觉让我毫不怀疑地相信，他此刻肯定在。是的，他肯定在这里。

再见了，钢琴家！原谅我没能好好道别。

再见了，肖邦的故事。

再见了，我梦中忧伤又美丽的国度。

深夜，我回到旅馆，开始收拾我那四处乱放的行李。我忽然看到自己的侵略性，在一个陌生的地域，总是试图探索每个角落，把所有东西弄乱，过一段时间后方能规矩地放好。这一次我还没有来得及熟悉这个房间，就要离开了。两个星期，占据了二十多岁年纪中的六百四十分之一，丰富而奢侈。有爱，有艺术，有旅行，有美食，有青春，有伙伴，有学校，有温暖的居室，有各种天气……这大概就是最好的人生。

夜越来越深，在寂静与黑暗中，杰樊与我道别。我的直觉应验了，当我强烈感觉到他在学校的那个时候他正好在那里。我们离得那么近，却没见到彼此。道别很短暂，有遗憾的口吻，但并没有关系，只要能好好告别，已经很是安慰。他的骄傲与善良，长存记忆中。

躺在并不舒适的床上，看着窗外泛的微光，时间过得静悄悄的，而后，我的眼泪不自觉地流淌而出，不觉得悲伤，更像是一个端庄的仪式。这是一次非凡的旅途，却有一个安静的结尾。仿佛是一个故事的剧终，我是演员，也是观众。此时此刻，我坐在荧幕前，看着自己的故事，听着片尾曲，不忍离去。故事里大大小小的观众陆续离场，我坐在最后一排，静静地聆听一切。

杰樊在我的生命中一闪而过，却留下一个诗篇，供我在多么多么长的一段时间，细细咀嚼；也是这样的幻觉，支持着我很久的回忆，因而有力量，因而有所期待，因而有所寄望。他的存在是我心中的一点火种，过去我总是不知道自己走向何方，然而他让我看到了愿景。这么多年坚持着音乐的梦想，尽管他总是说迫不得已，然而真的在这条路上一直走着，描绘着那些鼓舞我的一切。我知道，过去的整个童年、青春期里，所有的期待与盼望总会在某处响应。我依旧相信梦想，尽管已不习惯挂在嘴边。总有一天，这些都会与现实达成共识，在能看见、能触及的地方，向我热烈地招手。

行走了一个月，回忆沉甸甸的。在华沙的最后一晚，我流泪不止，无法入睡。我发现，生命只有逆流而上，才有更丰富的未来。一切伴随着甜蜜与艰辛，回忆之美好之绚烂让我更加理解并热爱生活，即使困境时而降临。

——愿你被温暖，长驻美丽年华中。

CHAPTER 8 – 巴塞罗那

女孩的短假期

Girls' Short Vacation

A
Long Journey
in
Europe

//
1
/

在旅途中颠簸了一个月后,回到法国的公寓中,可是没过几天,张小姐就订了我们去巴塞罗那的机票。

自家的床还没有睡暖,我又把行李抖了出来。清晨,东边射入的阳光中扑腾扑腾的细微碎屑如此清晰。还是这个房间,还是这扇落地窗。护照,墨镜,香水,相机,唇膏,又一次一一陈列。自由的感觉像热浪一样一阵阵袭来,从冬天延续到春天。我那时单身、大胆又骄傲,肆无忌惮地为这种节日礼炮一样的旅程欢呼雀跃。

我家的小猫咪已经长成一只大花猫了。阳台的花花草草也一岁一枯荣了。

「**期待**」是毫无意义的、

那是虚幻的「**想象**」、

只有「**亲临**」一个地方、

碰触到的空气、味道、颜色、质地才是「**真实**」的、

@布拉格

「**战争**」的气息至今仍充满着这个「**国家**」，连首都华沙的「**名字**」Warsaw中都带有一个「War」。

@华沙

@华沙

不「**刻意**」也不强求,

这样当美好的事物「**出现**」时,

方能有最真切的「**惊喜**」与「**感动**」。

我们这等「凡人」,
能一直喜欢一样事物、一个人「直至终老」,
就已经「甚是」难得,
何况「放弃」这般美好的人间烟火,
仅为了一个「梦」一个「信念」。

@巴塞罗那

@巴塞罗那

清晨的阳光把「**影子**」拉得很长很长，
空气有冰凉的「**气息**」，
我们坐在「**石阶**」上晒子一会儿太阳，
试子下「**快门**」。

@巴塞罗那

走在「**路上**」的人,
生命中甚少「**定数**」。
我们「**不谈**」未来,只活在当下。

@巴黎

如果我们没有一个「约定」、一个仪式，这种「**过分**」的自由很可能会变质，信仰也就不够「**庄重**」。

@班农

我们没有「**驯养**」你，
你「**不**」会因此伤心流泪，
我们虽然对你恋恋「**不舍**」，
但还没有要流「**眼泪**」。

学校里一场重大的留学生的离别即将到来，人们忙着喝酒聚会、痛哭流涕、告白牵手、拍照留念。时间匆匆，此时正值水星逆行，我刚从一次长途旅行中回来，不喜人群，只想默默自省和回望。张小姐的一个邀约，让我抓住了一个继续有关旅行的梦，暂且离开别离的俗事。

张小姐，一位天蝎座的上海女生，从不张扬，从不化浓重的妆，有着乌檀木一般的及腰黑发，长长的睫毛让她那充满东方韵味的眼睛看起来扑朔迷离。她的性感与纯真非常内敛，在内心深处有着自己的独特风格和主张。她是那么从容淡定地领着我走向这次旅途，好像所有的舟车劳顿在她细腻的心思前都不会出一点乱子。我在她面前显得有点莽撞，少了些许女性的细柔。

张小姐与大多数女生不同，她不会去逛特卖场，不会去逛那些滞销的奢侈品堆积如山的折扣店。她爱逛博物馆,爱看建筑,爱了解历史和艺术……她跟我什么都聊——性、男人、时尚……

2
/

飞机刺破厚厚的云层,在午后明媚的阳光中从北法向南穿过,布列塔尼的田野逐渐在视野中隐去,比利牛斯山脉壮阔地画出了大地的骨架,碧蓝如绸缎的地中海远远展开,而后这架廉价的航空飞机就颤颤巍巍地降落在了富饶的加泰罗尼亚的大地上。我心中扑通一下想起《斗牛士之歌》,鼻子突然嗅到了西班牙奔放的气息。

我们的旅馆,在海边不远处。出租车司机带着我们绕过环山的银灰色高速公路,起起伏伏,弯弯曲曲,眼前逐一展开的陌生的视野像氧气一般渗透进我的肌理血脉。苍白而华丽的墓碑在倾斜的山丘上鳞次栉比,逝者庄严地观摩着这世间蒙昧的生灵在追逐着远方。

在我们到达旅馆放下行李后,黄昏迅速降临。也许是天黑得太快,我都来不及看清楚这个城市的轮廓。理智在告诉我,现在已身处巴塞罗那,然而感情上根本没有和这个城市产生连接。在欧洲大陆往南走了这么一小段路,白昼就忽然变得如此短暂。此时是二月的末尾,冬天的气息还没有完全退却,春天的影子若隐若现。这里的植物有着南部独有的婀娜多姿的骨架。夜幕降临,天空变成了宝石蓝,街灯华丽地亮了起来,人也忽然变得多情。

我们两个女生,披着黑色的斗篷,系着轻盈的丝巾,在街灯之中放肆地按着快门,对着镜头强调着红唇。我们各自心中都藏有想念的人,无法完全活在自我中。此刻,我们只有一半的灵魂交集在这个城市的夜色里,剩下的感觉是孤独。这个城市的夜色下,飘着各种甜丝丝的香水味,以及各种女人的体温和各种男人的荷尔蒙。而我们像两个突如其来的闯入者,在这陌生的夜色中搜寻着意义。

暮色中的水果集市熙熙攘攘,流光溢彩。张小姐的嘴唇上抹着迪奥的红色唇膏,她此刻一边自顾自地沉溺在色泽和芳香中,一边吮吸着饱满的草莓。鲜红的汁水从她的指间滴下,酸香的果味占据了所有的空气。这种饱满的感觉,欲望短暂地被满足,让人没有了回忆往事的忧伤。我却始终在观察着人群,试图读出那些欢愉的、柔和的、冷峻的脸所隐藏的故事。

走过很多个热闹的街区,我们在亮堂堂的商场间穿梭,对这一季的新款服饰爱不释手。明晃晃的灯光映照在落地镜上,我们试了一套又一套的衣服,自己给自己拍照,乐呵呵地晃动着一簇簇手镯和闪闪发亮的耳环。然而我们只满足于这短暂的愉悦,却没有恋恋不舍地想要把那些好看的衣物带回家。我们有着平凡女孩心中的甜蜜与自私,在这些美好的事物面前暗自驻足,却又不会轻易地满足心愿,静候那最美丽的一次救赎。

第一个夜晚很是短暂。我们在二月末冷飕飕的气温中踏着已经被岁月磨得光滑锃亮的石头路回去。路过大门紧闭的教堂,穿过闹哄哄的酒吧街,想着各自的心事,丝毫不关心这个陌生的城市。

3
/

在加泰罗尼亚音乐厅有一场吉他音乐会,我们买了晚上八点的门票。

清晨的阳光把影子拉得很长很长,空气有冰凉的气息,我们坐在石阶上晒了一会儿太阳,试了下快门。我好久没有恋爱了,有点不够漂亮。而后我带着这些不够漂亮的照片和这张有点游离的脸,穿过巴塞罗那的地下铁,来到高迪的巴特罗之家。

这个巨蟹座的疯子,把自己的感性和幻想用沉甸甸的砖瓦构建在此。他是如何跟上帝通灵的,才能把曲线用得如此淋漓尽致。过去,我常常跟人说起高迪,然而不过是一个我认识的建筑师,并没有真心诚意地爱过他的作品,不过是为了炫耀而已。而此刻站在这里,靠近这种真实的存在,自己过往的虚伪被揭发了。

走进巴特罗之家,深海的气息扑面而来,像是走进一艘被施了魔法的深海远古沉船,亦像是一个养着美人鱼的小城堡。我被这种魔法迷惑,在这个永远看不完,永远存有惊喜的童话中,辗转反侧,左顾右盼。

很久以后我才知道,这真的来源于一个童话:加泰罗尼亚的英雄圣乔治为了救一位被龙困在城堡里的公主，勇敢地把恶龙杀死，龙血变成玫瑰，英雄把鲜红的花献给了公主。

大学时，学习建筑曾让我在与雄性的竞争中感到很自卑，常常找不到存在感。然而，此刻我抚摸着屋顶那龙的脊骨和外墙的鳞片，穿梭在龙的腹中，却对那段时光产生了无限留恋。对于那些不能实现的梦，我们总会说出"如果当初我能再努力一点点"这样的话，然而，如果只努力一点点是远远不够的。梦是一场如此声势浩大的洗礼，如果没有全身心地投入，怎么可能会实现？高迪，为了造梦，把所有的念力与思绪都放在梦中，几乎不往外张望。不近女色，忘了衣着饮食，傻气疯癫，心中只有永远明晰的梦。我们这等凡人，能一直喜欢一样事物、一个人直至终老，就已经甚是难得，何况放弃这般美好的人间烟火，仅为了一个梦、一个信念。

未能持之以恒的梦,如同未能走到终老的爱情,同样让人遗憾。我们能做的,唯有把最美好的画面永存心中。记得当初如何孜孜不倦过,记得当初如何激动、如何渴望,记得最初的自己如何相信和憧憬,记得当初的纯真……

我也知道,这次短短的旅途,不可能把高迪的所有建筑都看透,但至少以后如果说起高迪,不会带着那种肤浅的口吻,不会为"我知道建筑师高迪"而沾沾自喜。

我们走走停停,心中都是浮光掠影。当我踏出巴特罗之家的门,这段时光就永远刻在了历史之中。如果我不写下,以后或许再也难以遇见一个懂的人,然后兴致勃勃地跟他提起曾经走进过龙的肚子里呢!所以,我尽量把这一切记得,把记得的分享,把分享的反复回味。那么,在这个异常庞大的星球上,我们就不会显得那么孤独了。

中午，我们在街道另一侧的米拉之家吃饭，三年前的我是无法想象有一天会坐在高迪的建筑中吃一顿饭、喝一瓶酒的。此刻，我在这里喝着加泰罗尼亚的白色葡萄酒，抬头看着云絮一般层层叠叠的天花，梦境成了现实，现实照进梦境。白色葡萄酒飘满春天的味道，我空腹喝下，有点晕眩。而后带着这种晕眩，我在异常繁复的米拉之家爬了很多很多的楼梯，走了很多房间，观摩着建筑师和时光联手留下的痕迹，但却从未遇见两扇相同的窗户。我迷恋着那蜿蜒如蛇的扶手、色彩斑斓的瓦片，还有后人加上的窗花、雕塑，在阳光忽而隐去忽而明媚的空间中躲躲闪闪——疯子，疯子，如此琢磨不透。我的双手抚过每一个遇见的门把手，抚过每一处开裂的老木，终于在兜兜转转中被一丝光线引着打开顶楼的门。阳光剧烈地射进我的瞳孔，在湛蓝的天空下，在环绕缠绵的建筑之间，在起起伏伏的阶梯上，我忽然意识到，自己真的来到了巴塞罗那。

A
Long Journey
in
Europe

4

/

张小姐,谢谢你能理解我如此自我的性情。我拉着你拍了无数照片,快门咔嚓咔嚓如同一场与空间和视觉的抢夺。我那么急于为将来的分享做好准备,而没有完完全全地活在当下。而你会懂,因你认真安静地沉醉当中,自然不会批评我的出神与疯狂。

这晚的吉他音乐会,在美不胜收的古老音乐厅中,你也许有发现过我流泪了。我就是如此浅薄的一个人,一个充满弱势特质的人,一个神经异常敏感的人,一个与万事万物都通灵的人。在四把西班牙吉他演绎的轻喜剧与古典乐中,我也会情绪爆发,感情夸张,不能自已。

所有来听音乐会的人似乎都随性而快乐,连音乐家也是。《阿斯图里亚斯传奇》让人浮想联翩，进入场景。普契尼、巴赫、莫扎特、舒曼、舒伯特、比才、老柴，都说起了西班牙语，大家一起来凑凑热闹、聊聊天、喝喝酒。怎么能没有弗拉明戈，下半身都想起舞。震音，颤颤巍巍地挑拨着听觉最酥软的神经。钟情许久的各种熟悉的片段，慢慢被他们越玩越疯狂，除了西班牙吉他，大号和电钢琴也跳起舞来。管风琴响起的那一瞬间，让人感动得眼泪都要掉下来了。美好的夜落下帷幕时，全场轻轻哼起了茶花女的《饮酒歌》。他们看起来是那么快乐，完全沉溺其中，像孩子一般纯粹。

5
/

夜，还未散场。音乐会带来的喜悦，充斥着神经的末梢，我们在人群中放松地走着。

巴塞罗那的夜,有着妖娆和绚烂的色彩。喝酒的人有着一张张无忧无虑的脸。兰布拉大道上,背心下露出大片文身的男人拉着旅者去看脱衣舞;妓女风姿绰约地站在街口抽着烟,不时地用充满情欲的音调骂一下这个世界;餐馆飘香,海鲜被火烤熟的滋滋香味伴随着疼痛和快感引诱着路人。旅者左顾右盼,惊讶不已,蠢蠢欲动。

我们喝了一杯金色冰啤酒,在正方形的广场上散着步。时不时有西方男性朝我们走来,献着殷勤,为他们的夜晚寻找可能性。我们保留着东方人的矜持,穿过人群,来到一扇古老的铜门前。霓虹灯散落一地,我们沿着一个黑色的旋转木楼梯走下去,欢声笑语和谜一样的音乐越来越近,年老的门童拉开远离地面的这扇门。

烟雾扑面而来,酒保穿过人群灵活地保持平衡。各式各样的人,穿着T恤的,画着鬼脸的,戴着面具的,穿着礼服的,端着酒,聊着天,跳着舞。女人穿着性感的布料，踩着刀一样的高跟鞋，在人群中高傲地站着吸烟。男人长着密集的体毛，如同兽类在暗处狩猎。沙发上坐着吞云吐雾的人，空气中飘着大麻的味道，混杂着各种烟丝焚烧的气息。有两个比利时人走过来想要跟我们跳舞，脸上写满暧昧。空气中的酒精气味越来越浓郁，我们感到有点窒息，这仿佛是个与世隔绝的地狱酒吧。

我们从地下空间走出来，想起我们还没吃晚饭，就向着一家暖融融的餐馆走去。外面突然下起暴雨，巴塞罗那十一点的夜，被这场雨浇灌得湿漉漉的。露天酒吧从容地撑起伞，路人也没有惊慌失措，大家在欢呼这场冷雨，有醉汉张开双臂仰起脸向着天空叫喊。我们坐在餐馆中，看着这场雨把这个奇妙的城市淋湿。

夜晚，凉飕飕的，玻璃墙都起了雾。暴雨盖过一切混乱，打在裸露的各处。石路、教堂尖顶、龙的背脊、码头、船只、灯塔，海面布满水花与涟漪。世界变得很脆弱，蜷缩起来。

这场雨不知道会持续多久。我在听张小姐说她的法国男友。她只爱巴黎和上海，不会妥协生活在其他地方。她的眼神坚定。走在路上的人，生命中甚少定数。我们不谈未来，只活在当下。此时，她的脸是谨慎而诚恳的。

我们这两个水象星座的女性，此刻都极度需要爱。可我们对爱是如此敬畏，没有得到神的指令，谁都不敢轻易迈出脚步。于是我们彼此鼓励着、节制着，说啊说，在这个迷离的夜晚像一对小姐妹一样乖巧地坐在温暖的餐馆里喝着西班牙果酒。

6
/

又一个黄昏，我们沿着地中海湾的码头散步。地上还聚着雨水,布鞋慢慢被水渗透,我双脚冰冷。浪花的声音一阵又一阵,张小姐和我走过海岸摇摇晃晃的船桥。灰蓝的云朵盖过了此刻的天光。海,温柔的潮汐,还有觅食的鸟,构成了黄昏的气质。

她对我说:"我会忠诚于我喜欢的人。爱很珍贵,可遇而不可求。我不害怕再见。"

她话不多,都是简单明了的陈述句,有着某种外柔内刚的力量,让听的人感到安心。

7

我的手机在巴塞罗那的地下铁被偷了。站在圣家堂面前,想要掏出手机拍照时才发现竟然不见了。

A
Long Journey
in
Europe

　　陪伴了我三年的手机突然离开,像是忽然剪断了三年的记忆。它其实很老了,也坏得差不多了,对于小偷来说肯定一文不值,然而对于我来说都是沉甸甸的回忆。我像是被抽空了心,我想那个小偷应该也很失望。

　　丢了手机就像丢了魂一样,然而很巧合的是,前一个晚上,我破天荒地把照片全部上传了。手机仿佛是有灵性的,秘密藏匿其间,有着某种神奇预感或暗示。

　　也许这是上天在预示我,是时候要跟过去告别了。是的,告别,所有人都即将要告别,我们要毕业了,大家将要各奔东西……别怕,我们都会好好的。

8

/

　　我们去看了罗意威博物馆。时尚的城市,随处可见穿衣达人，我举着相机给那些陌生人拍了很多街拍。之后从这种精致的城市文明中走出，沿着山路崎岖，登上蒙锥克城堡。

这是旅行的最后一天。巴塞罗那，让人不想离开。在这里感受到的和丢失的，都将成为记号，深深地扎在地图的这个点上，记得生命在此停留过。

站在高处，一边是城市的全貌，一边是蓝莹莹的港口，船坞、集装箱，出海的船只留下笔直的白色水花。地中海的蔚蓝，让人心中充满诗意。下午五点多，太阳已经失去温度，光线是浓郁的金蜜色，城堡的轮廓被拉长。许多年前，城堡里关押着罪犯，不知道他们是否也曾听过海浪的声音，也为这样的日落惆怅。

从西侧的车道上走下，我们幸运地遇上了即将到来的日落时分，很多摄影师已经静候在那一小块绿地上。

远方,蜿蜒的山只剩下剪影,太阳一点一点往下沉。年轻的情侣们拥抱着在落日余晖下野餐,天真烂漫地欢笑着,不停地说着"Te quiero"(西班牙语的"我爱你")。孤独的女人则带着小狗坐在草地上,小狗不谙世事,总想着跑。星辰与月亮的影子已经在另一侧若隐若现,而太阳还在依依不舍,最后缓缓闭上眼睛,把黑夜交还给世界。

下山时,我们走错了路,山上没有信号,我也没有手机,在黑乎乎的只有路灯的半山上,我们就这样凭着感觉向着明亮的地方一点点走去。城市就在前面,然而怎么走也走不到。在混乱中,我们途径了体育馆,又借着路灯,遇上同样走丢的印度人和意大利人,好不容易寻到回去的路。我们已经很累了,可还是一直说话,不停地自嘲着、互相揶揄着、哈哈地笑着,不了解的人或许会误以为我们刚刚摊上了什么好事。

9

/

"我想跟你做爱。"一个陌生的西班牙男人对一个陌生的美丽姑娘说。

"如果我说不,会怎么样?"

"那你要告诉我,我哪里的魅力不够?"

"只是第一眼见到,爱的感觉还不足够。"姑娘回答。

"爱是唯一的灵感。梦是唯一的追求。祝你好运。"男人优雅地告别。

这也是巴塞罗那的一部分。

A
Long Journey
in
Europe

10

/

时间又过了一年。张小姐早已回国。

有一天,她突然发信息给我,说推荐我看一本书——《古董衣情缘》。我忍不住告诉她,这是我最喜欢的书之一。出国前就已经看过,还曾亲历过一个跟这本书里极其相似的故事。

我禁不住想:也许这就是我们冥冥中的联系,在心灵中,在不经意的意识深处。我们从来不聊家常,从来不聊伤痛,只会不时地在那些感觉的契机中想起对方。我们之间的交集是如此清淡,如一条细柔的溪流一般。

亲爱的张小姐,我们好久不见。

CHAPTER 9 — 日糖

像孩童一样奔跑

Fly
Like
kids

A
Long Journey
in
Europe

每个清晨，我都要离开你；每个黄昏，你都要把我追回。一天一天爱下去。

——电影《芳芳》

//
1
/

四月，春天，晴空万里。我与他，两个人，驾着车，从巴黎出发，在笔直的看不见尽头的法兰西国道上奔跑着。油菜花一片两片三片无数片，在路边铺成亮黄和各种度数的绿，像是上帝晾在太阳下待裁剪的布匹。多么幸运，我身边的这个男生，我爱他，他爱我。我们几个月前成为一对恋人。我们二十四岁，本命年，他公羊我母羊，一起兴高采烈地奔向远方。

我们去哪里？远方叫什么名字？老实说，我不是很确定。此刻，巴黎往南，就是我们的路。他总是这样，在手机地图上把大头针一放，拉起我就走。自从跟他在一起，我从来没有担心过远方。

天是那么蓝，像是处女的瞳孔。我们只走国道和崎岖的小路，高速是给赶路的人用的。车上有干粮和水果，但并不觉得饿，对食物的欲望被速度带来的视觉刺激分解。我们相爱，手中握着大片的光阴。是如此富足的此刻，以至于不需要额外的补足。

2
/

昨夜，我们在巴黎的天空下。今天清晨，太阳刚升起来，我们就离开了。

这个清晨，复活节的粉红色百合花开了第三朵。我在寄往家里的明信片上贴了印有玛丽亚娜头像的邮票，而后投进大街上的黄色邮筒里。我看见人行道另一头的他戴着墨镜，双手插在口袋中，行李在脚边放成好看的形状。他在等我，孩子气的脸上带着笑容，阳光画出他的轮廓。

我们在巴黎，住在安特佩诺大街一栋古老的建筑中。公寓在清晨能照进阳光，我们的百合花放在椭圆的茶几上，像是伸着懒腰的粉色螃蟹。出发前，我们往透明的玫瑰酒瓶中注入了新鲜的水，把这株有着美好寓意的百合花带上旅途。从雷恩到巴黎，从巴黎到南法，再从南法回到雷恩。花儿一路摇摇晃晃，像是一只小宠物。

复活节前，一个周六傍晚，我在雷恩无意中闯进了一个天主教的弥撒仪式，不小心吞下了圣祭仪式中的那一小片圆面包。在天主教中,那片面包代表的是耶稣基督的身体。基督徒们吃了它代表与基督同在,获得救赎。然而我不是基督徒,我不该这样做。

那个傍晚,天空是深邃的宝蓝色,风吹得鼻尖凉冰冰的。我和他散步途径一个教堂,门前有戴着黑色头巾的妇女在出售绿色的小植物,类似于山指甲树枝,像是有特殊气味的香料。教堂传来阵阵弥撒的乐声,我们用硬币换了一株植物,走进教堂。白衣主教在用法语诵经,信徒们唱着主的歌。

而后,在接下来的圣祭礼仪中,信徒们都排起队来,等待着白衣主教给他们的口中放入小圆面包。那时我与他都不懂天主教的教义,懵懵懂懂地跟着信徒的队伍,吃了那片带有耶稣灵与肉的小圆面包。白衣主教有特殊的触觉,追过来问我们是不是教徒,我们说不是,却来不及交还那一小片基督的灵肉,就已经冒失地吞了下去;

而站在我身边的他，认真地交还了神圣的面包。

主教的蓝眼睛透过银丝框的眼镜认真地看着我说，你要经过仪式，才能成为教徒。我解释说，我有听《圣经》，我打心里喜欢天主教。但他坚持说，是的，我理解，但你一定要经历过仪式，这很重要。

我忽然非常紧张，感到自己做错了一件冒失的事。又一次，我感到自己对仪式过于疏忽。我总是以为心里有这样的信念就足够，随性而为，自由奔放。然而，此刻却发现自己太冒失了。无意中的冲动就让自己太过缺乏约束。此刻的念头，很可能下一刻就变了。如果我们没有一个约定、一个仪式，这种过分的自由很可能会变质，信仰也就不够庄重。婚姻也一样，是一个仪式，是给予爱情的约定，只是当下被很多人亵渎，而不再神圣。

那个夜晚，我带着懊悔的心回了家，坐下来认真听粤语版的《圣经·新约》。从《马太福音》听到《路加福音》，又听了《约翰福音》，一直听下去。字里行间的教义让我仿佛觉得以前从来没有用心去听，从来没有真正地理解它，任由自己被世俗蒙蔽了双眸。那个夜晚，我心里有着奇妙的觉悟，仿佛被带进一个新的局面，而这个新的局面需要我去适应和理解自己以往并不擅长的节律，例如规律的生活，例如安稳的情绪，例如认真地爱一个人，例如履行自己的承诺。其实从跟他在一起开始，我一直觉得自己在做着一件与信仰有关的事，这件事的名字叫爱情。

半夜，关灯去睡觉，把电脑也调成了睡眠模式。法国的夜静悄悄的，连街上一个醉汉的话语都能听清。在半梦半醒中，已经进入睡眠状态的电脑突然醒了过来，在寂静中响亮地传来《圣经》的诵读篇章。

伴着极度的惊讶，这个夜晚忽然变得诡异而神秘。

他后来对我说："因为你吃了耶稣基督的身体，你会跟他发生一定的感应。"

那个时候，我惊讶得说不出话来。因我太相信那种冥冥中的牵连，那种在暗处指引的念力，以至于对这样的玄事总有不灭的幻想。

过了几天，我去花店带回这株百合。她就是耶稣基督的百合花，象征着希望、纯洁和重生。刚开始时，她只有五只菱形的花苞。过了很多天，她含着饱满的花苞，一直没有开。她在酝酿，默默地等待，直到复活节来临的那天，第一朵花绽放了。我们惊讶地发现她竟然不是纯白色的，她是那样霸道，粉红色的花瓣上长着鳄鱼皮一样的点，又像深海的螃蟹，张着生命力的身躯降临这个世界。她的那种艳丽与美让人无法抗拒，于是，我们带着这株神奇的百合花开始了旅行。

就这样,我们带着希望与重生的花来到巴黎。

连日的晴天,空气是那样透明,天空碧蓝,绿草如茵,我和我喜欢的人走在埃菲尔铁塔下。许多年以后,也许是几十年,也许是一百年,人们可能会再次津津乐道:"以前的情侣,都喜欢在埃菲尔铁塔下留影。"就如同今天的我们会说起很多年前的巴黎,上流社会的公子哥们都喜欢在歌剧院附近等候心爱的姑娘。我们此时说起来的历史,都是彼时美好的俗事。

我已经来过这个城市很多次了,每一次我都会心怀敬畏地到达。我知道,在我有生之年都无法看透全貌。巴黎,永远以一个情人的姿态住在我心中,让人忘却尘世之事,只有爱。心中对她有着这浓郁的情怀,为了她的美丽永存,我甚至不敢在这个城市长久地生活。我不愿对她说出抱怨的话,至于肮脏的地下铁、非法移民、冷傲的面孔、定时炸弹、交通堵塞、小偷劫匪、色狼等，都不能成为污蔑她的理由。我对她是这般溺爱，以至于无法客观地描绘这个独一无二的她。

牵着手走在这个城市古老的道路中，我觉得我们仿佛会这样一路走下去，当老了回忆起年轻的时光，那就是：牵着手，走在一个古老的城市中。

我们试过无数次这样走在不同的地方：城市中，小镇上，森林里，湖边，海边。第一次跟他散步是在一条河边。中秋节过后没几天，金箔一样的圆月还挂在天空，那天我们没有牵手也没有接吻，那个夜晚我们都像礼貌又文静的孩子，在校园的晚自修下课后到操场上，做着散步这件正经事。那天，其实我刚从法兰克福回来，认识他并没有几天。然而，那几天可是我生命中极不寻常的时光啊。我遇上了一场高空中的重感冒，遇上了离家几千公里的中秋节，还遇上了他。我坐高速列车回来，回到他身边,心跳了一路。那个傍晚,他在晚霞中到火车站接我。他剪了头发,露出脖子和耳根。他不满意自己的新发型,可我觉得他无论如何都很好看。他也许发现了我发烧一样红烫的脸颊,像天边的落霞一般。那时,我们似乎已经是一对恋人,可其实几天前我们还是陌生人。这个一点也不陌生的陌生人出现之后,我每天都大量地吸入这种名叫爱情的麻醉剂。

3
/

我们向着南法驶去。后座放着的景泰蓝对瓶被严严实实地裹着,我总是回头看我们的瓶子,担心一路颠簸伤到它们。这对瓶子是我们第一次共同拥有的东西,是刚刚从巴黎的一家古玩店带回的。

在爱丽舍宫附近,古老的街区小巷内隐藏了很多画廊、曼妙的钟表珠宝店和古董商行。那几天，我们花了好多时间透过玻璃窗四处探寻这丝丝缕缕的光华。尚·杜菲的画廊，十九世纪的灯具，百达翡丽的古表……一个个昂贵而遥远的梦。这些梦，很多都已被人遗忘。世界上许多灵魂，都是脆弱易碎的，无法承载这些奢华，亦无法承载历史的冗长，无法舍弃追逐新鲜感而换来旧时光的回溯。遇见他以前我也是这样，这些奢华而远久的玩意，只会让我感到彷徨。

我开始对这些玩意产生兴趣，是因为开始和他一起做饭。确切来说，是因为跟他开始规律地吃饭。不知道为什么，对于我，在拥有了一定的自由以后，规律地吃饭变得那么困难。很长一段时间，我无法说服自己好好吃饭。我知道，对于大部分人来说，一日三餐是极其正常的必需品。可从念建筑的大学时期开始，在很长一段时间里，都无法把日常生活料理好。

在一起半年之后，有一天我们决定要把生活过好，于是开始做饭。买了很多调料，也定期去超市，渐渐地，在履行这种约定中，我们对生活有了一种新的体会，也从做饭中找到很多乐趣。让这种乐趣持续的事，是我们吃饭时会一起看马未都的《都嘟》，还有央视非常接地气的《寻宝》。一期一期地看，一顿饭一顿饭地看（除了《都嘟》中讲厕所的那一期）。在这种规律中，我们似乎也找到了一种生活的平衡点。慢慢地，我体会到了规律生活带来的幸福。同时，在这日复一日有规律的三餐中，我还了解到一些古董玩意。

刚刚苏醒的慵懒的奥斯曼大道，有和风，有煦日的光辉。这条邻近的街叫 *Rue de la baume*，我把它称作香脂小街。我们经过这里时，发现了一家专门卖景泰蓝的店。店主是位双鱼座的奶奶，说起话来总是像在梦境中一样，还好几次差点把明代的景泰蓝鸭子香薰炉打翻。她用法语耐心地告诉我们，这是来自中国的，这是来自日本的，这是中国的外销产品……店里有着亘古的尘埃飘扬的气味，阳光从玻璃橱柜穿透过来，照在百年的景泰蓝花瓶上，照在深绿图腾的羊毛地毯上，照在咿呀作响的木地板上。屋里堆满了各种关于收藏和艺术品鉴赏的书、画册，还有一台老得跑不动的电脑。

这位迷糊又傲气的双鱼座奶奶任性地对我们说："我只卖我喜欢的东西。我不喜欢的，我看都不会看。"

还是"中国制造"在欧洲极其时髦的时代，大约这位奶奶的祖母那一辈，法国很多富裕家庭都有来自中国的陈设。这是他们当时的时尚，就像我们今天买西方的奢侈品一样。陶瓷的花瓶、兽类、木雕、骨雕、首饰盒……随着这些富裕家庭的变迁，以及流行趋势的变更，很多人开始把这些古董贩卖，然后就发生了各种古物易主的事件，再然后就有了这位双鱼座奶奶这类古玩店。

看到一对罐子，这是一对旧时候富裕人家用来收纳生姜的。这两只金属胎的珐琅器蓝色格调，画着彩色的花卉图腾，上面布着点点沙眼。底下没有款，不是皇家贵族的东西，仅是平常百姓用的。那时的人过着多么精致的生活，收纳生姜也要用上如此华丽的容器。我把瓶盖打开，碰到瓶身发出哐啷一下清脆的声响，我往罐子深处探索，老尘埃在罐子里住了可能有一百年，底部有用墨水写下的光绪二字，笔迹可能来自当时的工匠，可能来自当时的医师，可能来自后来的买主，也可能是后来的古董商所写。我凑近深深地吸了一口气，一瞬间，这个罐子的气味把我带回童年，带回爷爷奶奶的青砖屋中，带回长满青苔的天井，带回堆积着干柴和枯草的灶旁。兴奋感又一次注入我的神经，像是做了两秒钟穿越时空的回溯。

这两秒钟的回溯，提醒了我：时间已经过了那么久。

此刻站在地球的另一边，在欧洲，在这个我以前想都不敢想有一天能来到的城市，透过一个盛过药材的老罐子看见了往事。

　　我已不再是孩子了。那个男孩子气的小姑娘，常常在烈日下奔跑在那栋古老的青砖屋前，儿时睡过的黑木床可能已被虫子吞噬了，天井的青苔长了又枯萎，墙上老式的机械挂钟都已经跑不动了，晴天在水泥地上晒着稻谷，奶奶戴着宽沿草帽，赤脚把谷堆踢成一道道纹路。

　　我永远也不可能回去了。我们都不可能回去了。

4
/

　　他在开车，往南，广播风格骤然改变。与北法不同，音乐轻快热烈起来，让人想起意大利，想起红色的建筑物屋顶，想起姿态婀娜的南部植物。

进入法国东南部，视野中闯入很多山地和丘陵，天空变得宽而近。乡间小路有高瘦的公路骑行者，装备夺目。他很是心动，以前他也是这些骑行者中的一员。路边的树开满了花，驶过卢瓦尔河，出现三个冒着白烟的核电站。在这片青绿的原野中，像三个安家乐业的圆柱怪兽，悠闲而有规律地冒着白烟。我们把车开得很近，其中一个几乎就在手边。如果把两臂张开，可能二十个人都没办法环抱。空气是那么清晰，天是那么蓝，它与四周的景象格格不入，冒着的白烟更像巨大的棉絮。

一位老师带着一群孩子在核电站旁的草地上野餐，过来询问："有什么需要帮助的吗？这是我们聚会的草地。"

我们要找路。老师告诉我们，南法的路应在另一个方向。下午天气很热,我把外套和丝巾都解下。导航的信号闪烁不定,我们重新找了下一个点。太阳把大地晒得很干燥,原野上的植物拼命保存自己的水分,用力过猛,以致散发出阵阵青绿色的芳香。白色的牛坐卧在草地上反刍,圆滚滚的绵羊和健硕的山羊在阳光下啃着草。它们一定也很热吧。

我们只吃了面包和水果。这是我们第三天素食了。心中很是轻盈,仿佛能跟绵羊聊起天来。百合花经过这一路颠簸,已经有点损伤,但依然艳丽。

平原很快就结束了,油菜花田也消失了,迎接我们的是森林。把车窗摇下来,森林凉飕飕的气息鱼贯而入。汽车开始爬坡,前方出现的山路呈螺旋形往半山延伸而去。森林越来越密集,缺口处往下,大片的陡坡延展到远方,一条河流若隐若现。山路预示着这一段路我们会走得很慢,我们的路线像是一条长长的拉链,从北到南,把法国轻轻地剖了一刀,看到了许多旅行书不会告诉旅客的事情。

急转弯处驶过的摩托车让人感到紧张,偶尔看见有人在路基立起人形的悼念牌。从前有人在这条陡峭的路上遇难了,他们的年龄被写在悼念牌上。天色渐渐阴暗,西边的山脊上,一轮落日正在下坠。车窗吹进的风越来越冰凉,大地镀上了柔和的金黄色的光辉。这样的景象又美又忧伤,让人分神。

5
/

天色开始急促地暗下来,我抓紧他的手,他微微一动,换了个档位,转过脸对我微笑了一下。他的兔牙是那么好看,笑起来还会吐舌头。我提醒他可以把墨镜取下,他惊讶地发现原来天还那么亮。

我们都有点累了，但我毫无睡意。他开了一天车，为我们的生命担保，肯定更累。我想陪着他，跟他说说话，不断地说，说到地老天荒。可我们之间一起走过的日子那么少，不足以让他感受到占有，也不足以让我感到安全。所以我们都在等，默默地等，等时日层层叠叠，等光阴掉进历史的漩涡，直至尘埃落定。

天空是深色的电光蓝，有云的阴影，太阳残留的气息带来海的暖风。我们终于远远地看到了港口，星光点点的货船在海湾围观，一架飞机从起飞道加速，另一架飞机从天空中优雅地演示着降落。

这里是马赛。我们到了。他把汽车加速，从海岸的公路驶过。静谧的海，我们将在海边酒店的客房住下。

我们决定还是出去吃饭，可一走出去就有点后悔，因为奔波了一天后,我觉得自己已经不够漂亮整洁,一个姑娘应该沐浴梳妆之后再去餐厅。酒店的餐厅里都是上了年纪的人,我感觉进入了不属于我们的领地,很不自在。像是这个地盘中闯入的小朋友,我们不应该出现在这里。我提醒他注意餐桌礼仪的话让他很生气。女性应当美丽高贵地存在着,不应乞求,说出要求的话会折损这种美丽。我还欠一点底气,被惯性记忆困扰。我们闷闷不乐地吃了这顿晚饭。伴着不动声色的表情和剧烈的心跳,在几分钟之后和好。我们常常这样较真,彼此消耗,然后反省。

复活节的百合花让房间一下子充满了芳香。洁白的床品有淡淡的薰衣草气息,落地玻璃窗面朝大海,灰色的羊毛地毯异常柔软。我们是一对惶恐的小恋人,在偌大的世界无意地遇见对方,学着一起长大。此刻,马赛这个陌生的城市把我们推在了一起。我们磕磕碰碰,却依旧惺惺相惜。

什么都需要时间,比如安全、肥胖与老去,唯有美丽转瞬即逝。然而时光洗尽铅华,唯有美丽被永远追随。美丽被诗人吟诵,被画家描绘,被世代传承,但谁也别想永远留有它。生命终究抵不过时间的消耗,我们终有一日会老去,丢失青春,丢失活力,目光迟缓,但却有共同的记忆,我们彼时温柔的战争,我们彼时的陪伴、沉默和欢声笑语,都将使成为彼此独一无二的风景。

6
/

来这个城市之前,我不知道的东西有很多。例如,这是一座很大的城市,地下隧道长得足以要收费。例如,这里最出名的食物是一种暖身的鱼汤。例如,《小王子》的作者圣·埃克苏佩里死于空难,飞机坠落在马赛东南方的海峡,后来有渔民出海无意中捡到了他的手镯,上面刻着他与他妻子的名字,飞机的残骸才得以在后来被打捞出来。

不知道的东西,还有好多好多。我们都不是喜欢查攻略旅行的人。关于马赛,是我在进入这个城市趁着堵车的时间粗略地从网上看几眼的。他跟我,都喜欢在地图上随手指一点,然后我们就去那里,像两只冒失而欢快的绵羊。

明媚的晴天,我们会到酒店的露天泳池边晒太阳。从泳池这里看去,就是浅浅的一层礁石和沙滩。海近在眼前,开着快艇的人从远处靠岸,星星点点的帆船在远处随着海风缓慢地移动。海在阳光下波光粼粼,蓝白相间的遮阳伞只是一种装饰。我们穿着白色的衣服,把自己暴露在太阳下,赤脚在暖和的木头上奔跑。

我的大男孩,有着一张纯真的脸,是这无害的笑容把我带入了他的世界。他喜欢白色,喜欢百合,喜欢森林,喜欢大海,也喜欢我。

那一天,我遇见了他,重蹈覆辙,满心欢喜,犹如新生。于是我开始日夜担心他有没有回家,有没有淋雨,他开不开心。我时时刻刻都在感应着他的心思,生怕错过了一丝一毫。因为爱他,我带上了那么多凡尘的气味,不再轻盈,不再洒脱。然而心甘情愿,跪着朝圣亦是幸福之事。我心里只有他,吃饭与睡觉成为只是顺便的事,我的生命似乎就是为了爱他而存在。

南法这片海连着的是地中海,如果随着海一路寻找,海的对岸会是什么呢?我们总是活在别的地方,又想着远方的事。但如果我们跟一个人相爱,而他恰恰又在身边,那我们的心就在此时此地,不会在远方。我看着他,在阳光下奔跑,赤裸着上半身,好看的肌肉线条在呼吸中匀称地起伏,健康的皮肤以看不见的速度缓慢地变成了小麦的色调。他戴着墨镜,我的丝巾系在他的脖子上。我生命中的脱兔,生猛有力,阳光像是被他吸收在了皮肤和骨骼里,然后向四周散发出耀眼的光芒。他牵着我的手穿过森林,飞奔过原野,来到这片海。时间变成实心的,不再是空灵的光环。我们也会双脚落到大地上,身躯不再飘在高空中。

我不知道的事情还有好多。来这个城市之前,我不知道为何而来,甚至不知道为什么是我们。

7

马赛的海,那么蓝,蓝得像一块纯净的托帕石。

Les calanques,卡朗格峡湾。在崎岖的山路上,我们绕了好多圈,从山脚到山脊,悬崖下露出白花花的石

灰岩。在山顶停了一会，之后有段急急的下坡路，我们把车停在丛林间，爬上海峡的边缘。山与海相互环绕，形成一片礁石和白色细沙的浅滩。近海过渡着各种度数的色调，浅海洋绿、暗青、宝石绿……这个海峡仿佛是天堂的恩赐。

休闲的欧洲人穿着比基尼在隐蔽的海滩上晒着太阳，皮肤被晒得通红。路有点陡，金发碧眼的小孩又蹦又跳，年轻漂亮的欧洲夫妇带着他们的小婴儿来到这里，小可爱被安全地系在妈妈温暖的怀抱里，爸爸背着巨大的背囊，里面装满了今天要用的装备和野营的食物，架起帐篷，一家人悠然自得地看着大海、晒着太阳。

石灰岩的山是那样雄伟地昂首挺胸着面向峡湾，我们就这样看着山，看着海，吹着海风，沐浴着蔚蓝海岸的阳光，在海边唯一的一家餐厅的露天观景台上喝着酒。阳光会把脸颊晒出好多雀斑，会把雪白的皮肤晒得黝黑，可是我再也不会像以前那样找个阴暗的地方躲起来了。

8

连日而来的素食,加之眼睛被自然如此这般恩赐,我们的内心应是纯净而安宁的。素食的时间很短,但自素食以来,我每晚都在做噩梦。这样的噩梦,似乎是一种排毒,悄然无声地清洗着记忆。似乎是我过往有过太多倾斜的执念,需要去释放这种罪孽。

我梦见一群兔子在田野上奔跑。毛茸茸的的兔子,扑腾扑腾地找着嫩草。草地上有七色的光晕,远处金色的夕阳在下山,可是时间过得很慢很慢。

然而,在我童年时住过的房子里,我忽然看见我的妈妈在杀一只兔子。兔子被剥光了毛,没有挣扎,没有叫,甚至不觉得痛苦,被整个投进滚烫的锅里。它顺从地躺下了,闭着眼睛,身体变成棕色,奄奄一息,可还是张开嘴,吃着锅里的蘑菇。

我流着眼泪,从梦中醒来。耶稣基督的百合花已经开了最后一朵。我已经忘了这是我们吃素的第几天。日历从四月初始翻到了末尾,我们动身准备回程。

这一天我们往圣十字湖开去,中途在梦吕松小镇的旅馆里过夜,白天再返回北法。这是一个阴天,光线因为云层而向四面八方折射着,圣十字湖处于一片缄默中。南法的山是那样崎岖,唯有路是好的,我们在蜿蜒的人烟稀少的山区慢慢地开着,离开圣十字湖已是下午。

在一个叫班农的小镇附近,我们遇见了一群羊。

他把车停在树下,我们走近围栏。春天的草甘甜肥美，绵羊和山羊们正在专心地吃着草。我们走近时，它们起初还是懒洋洋的不想跑动。三只牧羊犬气势汹汹地向我们奔跑过来，有几只羊受到了惊动，奔跑起来，然后羊群开始警戒地后撤。我们在围栏外安静地站了好一会，牧羊犬渐渐放低警惕，羊群中的警戒信号也渐渐解除，又开始若无其事地啃起草来。

他看到有只绵羊一直在远远地观察我们，羊群惊慌失措时它也只是静静地在那里看着。慢慢地，它向我们走来，无所畏惧，对我们百分百地信任。他蹲下来摘了围栏外新鲜的草温柔地喂着那只绵羊，绵羊一副可爱而慢笨的表情，吃着我们的草，看着我们，用鼻子拱着他的手。我轻轻地拍着它的脑袋，厚厚的羊毛让人感到安心而温暖。不知何时，天空的云层散开了，阳光从云缝里照了下来。与这只神奇的绵羊互相信任的这一刻，我忽然又想起了《小王子》的故事。

亲爱的小绵羊,我们只有这一面的缘分。遇见你以前,你是千千万万只羊中的一只,对于我们来说毫无特别,然而当你信任地向我们走来,那一瞬间就永远地成为我们记忆中最特别的一只。我们没有驯养你,你不会因此伤心流泪,我们虽然对你恋恋不舍,但还没有要流眼泪。也许在将来某一天,我们在人世间走了足够远的路,感到疲倦,那时我再看回你的照片,想起你的信任,也许我们会热泪盈眶。谢谢你,也谢谢指示万物的神。

9
/

告别了绵羊,我们继续上路。

四月,普罗旺斯的薰衣草田还只是一个个整齐的小草包。这些丑丑的小草包一度让我们觉得它们并不是薰衣草。可再过几个月,它们就会像箭一样向四周射出,长出密密麻麻的紫色花朵,放眼望去,将是一片紫。

我们在山路上开了几个小时,路过山谷、薰衣草田、油菜花田、河流,天空从聚满密云到薄云疏疏,明亮的日光渐渐收起,天空变成宝石蓝,暖色的路灯撑起一圈圈光辉。我们途径很多不知名的小镇,有着奇怪的名字:阿莱玛妮、提则、瓦尔莱班……如果不仔细看地图,这些小小的走过的小镇,谁也难以记得它们的名字。

这样走走停停,那一晚毫无意外地很晚都没有到达旅馆。

夜来临得不慌不忙,直至四周一片漆黑,空旷的原野远处有点点星光,然后我们又驶入一个高地,从高地望去,远方的城市斑驳陆离,异常美丽。

凌晨十二点,我们还在森林之间的公路上开着车。

在车灯的光线下,路上升腾起一团团雾气,像一个个幽灵。四周黑漆漆的,路灯只有微弱的光。我们穿过路上的幽灵,在无人的午夜向着旅馆的方向驶去。

天突然下起雨来。黑漆漆的夜,雨点打在车窗上,噼里啪啦,像是这个时分应有的焦灼的梦,然而四周还是如此静谧,梦的脚步声没有干扰到睡着的人。走过一段环山的路,来到一片平原,他把车停在路边,我们就坐在车里听着雨声,你一口我一口地把一根香蕉吃了。这就是我们的夜宵,甜津津的。这个时候,身体里突然有种奇妙的力量,让我觉得此刻的场景一点也不陌生。在这条漫长的公路上,在这凌晨时分,他在我身边,陪着我走过这个黑夜,仿佛对死亡与危险的恐惧、害怕、不安,都被挡在一种久违的光芒之外。仿佛有了这个人,路就可以一直走下去,无论夜会有多深。

继续上路时,遇到了一个叫 *Nostalgie* 的音乐电台。这是一个播着乡村音乐和怀旧歌曲的法国电台。Nostalgie，法语意为乡愁。一次，在去往巴黎的列车上，我旁边坐了一位中年女人，她一边喝着一小瓶白葡萄酒，一边读着一本法语小说。她长着一张细长的月亮一样皱巴巴的脸，瘦小而干瘪的身体上披着宽大的波西米亚风格的围巾，厚重的棕红色头发乱蓬蓬的。她问我从哪里来，要去哪里，为什么要一个人来到这个远离家乡的地方。她还告诉我她是巨蟹座，是一位巴黎来的教师，难以承受离家太远。我告诉她我来自南中国，今天已经是我离家的第十一个月了。她觉得很不可思议，惊讶地叫着，难道你没有 Nostalgie 吗？我听不懂她的意思。她喝了很多酒，已经有点醉意，于是用笔颤颤抖抖地在小说的末页一个字母一个字母地写下了这个单词。我看着这个脆弱易碎的女人，突然觉得这个歪扭的单词极其美丽。我告诉她我很想家。她怜悯而忧伤地看着我，从兜里拿出一张跟她的脸一样皱巴巴的纸，说要帮我看看星象，看我何时才能回家。我突然觉得她是那么亲切，仿佛在她那备受酒精和情感摧残的躯壳中隐藏着一个我曾会面过的灵魂。可是她那蹩脚的占星功夫不足以让她算出我什么时候回家,她已经太伤感了,双目通红,在火车的摇晃中慢慢地睡了过去。

这个漆黑的雨夜,我们奔驰在南法空无一人的马路上,听着 Nostalgie,想起四川火锅、隔水蒸鸡、农家肉汁芥菜煲、凤爪、虾饺的各种味道。

Nostalgie。诺思托吉。诺言、思念、寄托、吉祥。我翻译着这个词,一边思量着其中的意味。

不知不觉中雨已经停了,安静连成一片,这个夜晚不断侵袭着旅人的心。凌晨,在一个小镇的入口,我们遇见了两位查车的执勤警察,他们把中国驾照和车子检查了一番,然后问我们是不是在假期中,嘱咐我们要小心驾驶。半夜遇见警察的兴奋感又稍稍注入了有点疲惫的神经,梦吕松的旅馆已经在不到一百公里之外。而后,我们意外地途径了薇姿小镇。开着车穿过这个闻名的泉水小镇,看着它整洁而优美的街道,我们就这样匆匆而过。我已经困得说不出话来,他一边开着车一边鼓励着我,跟我说着笑话,让我再坚持一下。糊里糊涂地,终于在将近凌晨三点的时候到达旅馆,此刻幸福感爆满,再也没有多余的精力去理会尘世的苦恼,我们倒头栽进了深深的睡眠中。

10
/

经过一路的颠簸,百合花已经伤痕累累,花瓣上出现很多口子,透明的血液迅速凝固,变成棕褐色的疤痕。她会记得这对恋人吗?这对恋人曾经带着这株象征着希望与重生的花,从北方奔到南方,又从南方回到北方。

A
Long Journey
in
Europe

这对小恋人走过很多森林，那些草木看起来十分相似，却独一无二。千万颗种子努力长成形态各异的草木，才得以有这片森林。这对小恋人走过很多人群，每个人看起来很相似，然而人生的轨迹却不可以复制，各种各样的故事在时空中纵横交错，才有了这么丰富的世界。

这对恋人，走过油菜花田，在黄色的菜花间蹭了一身花粉；走到过马赛湛蓝的海峡，带着一身海盐，发丝被海风吹得凌乱飞扬；在夕阳下山时，坐在教堂里聆听钟声，阳光拉下长影。他们长途跋涉，转过高山，穿过隧道，在山峦中看海，在漆黑的公路上听雨；喂过班农的羊，看过候鸟迁徙，又见过森林中的蛇……他们说说笑笑，像路边的向日葵一般，有时也会吵得面红耳赤。

这对恋人，牵着手在世界上走走停停，并不知道这一切意味着什么，也不知道这一切时光与情感的堆积会指向怎样的未来。

11
/

一年前的那天,在学校注册的时候坐在他的身旁,发现这个男生与我同届,从小谷围岛到雷恩商学院,然而那时我们并没有见过对方,一点印象也没有。

我们感到非常神奇,似乎有点不太合理,因为他系里面的同学基本都是我常往来的朋友,唯独他毫无印象。

那天他送我回家,我为了感谢他,便请他喝咖啡。他戴着墨镜,我觉得他笑起来特别好看,很喜欢他的兔牙。那天我的话特别多,普通话说得特别好,像是想要把这一年的经历都跟这个刚认识的男生分享一样。

他告诉我他平时差不多十点半就睡觉了,我却习惯

A
Long Journey
in
Europe

了晚睡，差不多都是两三点。那天晚上回去以后，心里想着他那么早睡，那我也早点吧，于是，十一点就睡着了。第二天醒来看到他的信息，他说昨天可能咖啡喝多了失眠，三点才睡着。这就是我们认识的第一天。

我觉得他特别亲切，一点也不像刚认识的。第二天天气晴好，天空碧蓝，我整天都在想着这个男生。我们给对方发了一整天的信息，从早上起床到晚上睡觉。

认识的第三天，我们约好一起在房东家画画。房东夫妇特别热情地把屋子收拾了一番。他说下午三点来，我泡了茶等他。时间临近，我不断地从阳台往外张望。特别紧张，像是要见到心上人一样。

其实，那个时候我特别想要见到他，好像从见第一面开始就觉得挪不开脚步一样。我觉得是那样安心，一丝一毫的不安全感都没有。他回应了我所有的想法，让我感到特别的温暖。

下午我们一起画画。我完成了我的绣球花。那天我有点感冒,但画画得特别好。六点多他回去了,我的感冒就开始加重。那晚我感到心跳加速,不知道是因为感冒还是因为其他。

半夜出了一身汗,第二天难受了一整天。第三天,他送我到朋友家,因为我要到巴黎坐飞机去法兰克福。那个下午,我们去了萨伯公园,在草地上躺着晒太阳。很神奇的是,当我见到他时感冒好像立刻好了。我们说了很多关于信仰、命理和这一年在法国没有对方参与的生活,感到彼此很像。他让我感觉到特别温暖,有种《飞屋环游记》里的那种感觉。

过了一天,我坐飞机的时候,感冒又加重了,在半空中发烧了一阵,极其难受。我一点也不想走,不想离

A Long Journey in Europe

开他，只想留在这里见到他跟他说话。

那时我们只认识五天，却感觉像认识了很多年。我心里似乎对"我们会在一起"这件事一点怀疑也没有。真的，心里坚定不移地相信，一点怀疑的余地也没有。

那个遇见他的九月，金星入庙，美妙的新月，那是一个明媚而晴朗的秋天，长空中似乎都是甜腻的蜜的味道。从此，我心中带上了一个爱的信仰。突如其来的爱情让人兴奋得难以呼吸，我曾在这种感情中怀疑过自己，也怀疑过他，我们也曾在这段感情中有过伤心的漫漫长夜，我们曾走过弯路，又辛苦绕回。

有一个夜晚，我们在中国，他在去往重庆的深夜列车上，我在南方的家中，我们相隔很远，隔着远距离发着短信，像两个孩子一样梦想着未来。那时的我们，因为时间与空间频频转换带来的不确定性遭遇了生活的瓶颈,我们像所有年轻人一样,除了丰盈的身体与年华之外一无所有,然而在迷茫中那唯一发出光亮的,就是那种信仰——我们彼此之间的爱。

那个夜晚,我们再一次在疲惫的生活中看到了第一次见到时的那种悸动,以及对未来的种种憧憬。我们是世界上一对平凡得不能再平凡的恋人,没有可歌可泣、惊天动地的故事,只有共同走过的点点滴滴的回忆。

有一天我终于明白并且承认,我们的故事其实是这么的平凡,不禁感到释怀,苦行信徒一样的负重感突然在我肩上松开。刚遇到他时,我的感情变形了、夸张了,以为遇见了天使,那种变形的情感常常预示着一个悲剧的开始。而此刻,我多么幸运,在倾斜的信仰中回到正位,回到现实,挣脱了幻想的枷锁。没有人能有一段一劳永逸的爱情,也不要指望一段爱情能从人世中救赎自己。

这只是一段纯粹的爱情，是安心，是依恋，是唯独我们二人能感知到的幸福，是我们悉心栽培的玫瑰。更多颠倒的梦想，别人眼中的目的与念想，都会将其污染。

唯有爱，以及这茫茫宇宙中，彼此不离不弃的依赖。

12

/

我们回到北法，回到我们的城市。天空再次蓝得像盛开的爱丽丝，我们坐在阳光明媚的法国餐厅，对着眼前的食物，对着那被宰杀的动物感恩祈祷。吃了一小口肉，泪流满面。

我说："亲爱的，谢谢你。"

他笑了，露出兔牙，说："不客气。"

CHAPTER 10

一些城市,一些故事

Some Cities, Some Stories

A Long Journey in Europe

怎么才算活过?用一辈子跟深爱的人谈恋爱。

杜拉斯说:"我不要活着。我要爱,顺便活着。"

怎么才能记住一座城?镜头、美食、建筑、人,所有所有的一切,都可能成为那个记忆深刻的焦点。我走走停停,忘不了把那些已有的故事拿出来仔细回味,但一切都抵不过灵魂的触动。

每到一个城市,看关于这个城的电影或书籍,把旅行的模糊印象叠加上深深的情感,这是最好的纪念方式,比纪念品更加直接、更加深刻。最好是以往看过的,置身这个城市再重温一遍,然后走上街头,让这里的空气、大地、草木梳理思绪,那真是绝妙的体验。

我是那么贪心，仅有自己的故事不够，还要汲取别人的故事。情感是我生命中的甘露，滋养着我的每时每刻，一旦失去了情感体验，我就感到无比空洞和苍老。

旅行中走过的几个城市，在那些独一无二的经纬点上，呼吸着某处的空气，用心感受当下的气场。

1 《真爱无价》，尼斯

这是一场心酸的、酿满爱的故事，像是一只黄灿灿的小柠檬。所有人一看开头就会被那种明快的色彩和法式的感觉吸引，既通俗易懂又触动人心。有很多极好的电影，因为过于深沉的铺垫而无法走进大众的视线。我常常不太愿意推荐这样的好电影给别人，他们对电影开头迷惑不解的尴尬神情常常让我很不自在。毕竟真正热爱电影的人其实不多，我觉得那种表情已经亵渎了一部好片子。但这部法国电影,我很愿意推荐给别人,它是那样宜人、明快,没有负担,随时随地,赏心悦目。

我特别喜欢那个片段:男主角已经没钱了,与女主角坐在尼斯阳光灿烂的路边咖啡馆喝了杯咖啡,自言自语地说:"这个下午与以往都不一样,没有工作,没有人催促我。"他一边说,一边露出掩饰不住的笑容,像个孩子一般,一切只是因为爱情。

在这个国度的文化中,爱是不朽的。它无关等级地位,无关年岁,只关于心中最真切的感觉。

2 《卡萨诺瓦》,威尼斯
/

又是一部浪漫的电影。爱情让世界那么好。

热气球、假面舞会、狂欢节……这些元素从来没有离开过威尼斯这个城市,古时的水城至今仍保持最初的模样。如果你有复古情怀,那自然是最好。这部电影会带来极佳的体验,无论是画面还是音乐,都适合端上一杯小酒,慵懒地靠在午后的沙发上,让你重返卡萨诺瓦的时代。

那么有魅力的男主人公的离世,真的让人很伤感。

3 《不能承受的生命之轻》,布拉格

我亲爱的朋友,这本书那么独一无二,我觉得言语是苍白无力的。喜欢它的人会很喜欢,不喜欢的怎么说也没有用。

一场由发烧引发的爱情,被战争扰乱的爱情,毫无

逻辑的爱情。男性笔下的爱情，那么直接明了，有种脚踏实地的感觉。听别人说了那么多次这本书，唯独看过走过布拉格后，才能知道那些美好的小公寓的模样。凭着想象，根本无法了解建筑内部是如何丰富多彩，自然也难以了解男女主角在一个如何伟大的城市发生过的爱情。

我想每个来到布拉格的人都会不自觉地想起米兰·昆德拉，因为这个城市过分美丽，如果不靠在巨人的肩上，根本无法找到自己的影子。

4 《战地琴人》与《辛德勒的名单》，华沙
/

《战地琴人》与《辛德勒的名单》，于我，这是两部最爱的电影。

难以置信第一次看《战地琴人》已经是十多年前了，当时我正处于小学升初中的假期，在中央六套电影频道看过这部电影后深受感触，情感激荡地写下一篇反观我们国家历史战争的文章。那篇文章叫《记忆》，写的是关于南京大屠杀的思考，其中有些非常沉重地词语——大地，窒息，支离破碎，无爱，人性，责任……回头看，十三岁的自己略显稚气，感情却是纯粹的。我写这篇文章完全是因为受到《战地琴人》的触动，这部电影的大部分配乐都是直接用了肖邦的钢琴曲，使得整个发生在华沙的战争故事随着钢琴家的遭遇高潮迭起,如歌如泣。音乐是永恒的，是神送给人类的耳语。世界那么小，每个人都是平凡的,但我们都有权利相信属于自己的永恒。

十三岁的自己，或许想不到有一天会来到华沙，但我相信如同《云图》中所说："信仰，和爱与恐惧一样，迫使我们去理解。像理解相对论和不确定选择，还有决定我们生命进程的各种现象一样。昨天，我的生命朝着一个方向；今天，它朝着另一个方向。昨天，我相信自己不会做的事情；今天，我却做到了。"

后来，大学念了美术学院，最喜欢的课是关于电影的选修课。印象最深的是关于《辛德勒的名单》的那几节课，加深了我对二战、犹太人、华沙这个城市乃至波兰这个国家的认识。那位钟情讲解《辛德勒的名单》的老师说："灵魂的碎片总是在不经意间传递，我们的爱与信念，像春天的花粉与细屑一样，经由亢长的年月传承着，我坚信灵魂的碰撞是由远久的相遇而得来的。"就像我此刻问了一个问题,你恰好说出了我心中的答案。不是我聪明，也不是我附和，是我们本来就彼此懂得。

5 《午夜巴塞罗那》，巴塞罗那

/

这个城市的明亮与色彩，在这部电影中展露无遗。

西方人的性格有开放狂野的，也有保守固执的。然而无论哪种性格，都别把人类不当动物，在荷尔蒙的顶点，总会露出不自觉的情欲与个性。

相信我，这部电影太吻合巴塞罗那的个性了。我们不一定都有艳遇的机缘，但人类总会为这些美妙事件津津乐道。巴塞罗那，这个艳遇与盗窃的高发地，不会让人失望。

艺术、癫狂、爱情，挑战着世俗世界的规则。不得不说，伍迪·艾伦的眼睛很暖，心却很冷。

后记
从诗与远方到巴黎

// 1 /

我小的时候,跟妈妈住在一个依山傍水的校园里。

院子里有一群老师们养的鸡,每到清晨就会此起彼伏地打鸣。不一会,太阳升起来了,早晨的露水还没有散去,朗朗的读书声从教学楼中传出。继而是晨操时间,控制室的磁带机里一遍又一遍地播放着广播体操的音乐。对了,每逢周一还会有升旗仪式,胸前系着红领巾的学生们抬头挺胸地看着五星红旗冉冉升起。我那时三岁出头,躲在妈妈的身后参与着这样的仪式,庄严的国歌是那么动听，我甚至能辨别出广播体操的音乐第几节最富有节奏感、第几节最抒情。

课间活动时，有好多上小学的哥哥姐姐来跟我玩耍，带我玩木偶人、冰棒融化的游戏，带我爬校园背后那座可以摘到浆果的山，偶尔讲恐怖故事来吓唬我，也就地取材地讲起动人的神话故事。我对山脚下那个住着仙人的山洞存在着幻想，对高大的木棉花树存在着敬畏，每逢路过校门口的那口枯井都胆战心惊。

在那个校园中的童年，那么自由，那么无拘无束，像是活在与世无争的桃花园里。音乐老师教我弹琴，美术老师教我画画，语文老师教我读书，体育老师带我运动……小小年纪的我，以为那是会生活一辈子的地方。

那方天地虽小，但足够我天马行空。我唯一的悲伤，就是偶尔会思念在远方的爸爸——那是我对远方的认知。

2

/

我第一次去远方,是在五岁的时候。

因为爸妈工作的关系,我被送到全寄宿制的华侨幼儿园,离家很远,一周最多只能回家一次。习惯了跟桃花园中大哥哥大姐姐们玩耍,同龄的小伙伴仿佛是那么的笨。我一个朋友也没有,面无表情的老师、空旷冰冷的大楼、不锈钢餐具的腥味、集体宿舍的上下铺,都让我害怕。在我看来,五颜六色的海洋球和涂着艳俗颜色的滑梯不过是虚伪的浮华,甚至比不上桃花园里的一根树杈、一堆红土。当然,最重要的,是我太想念妈妈了。

整个幼儿园只有一台电话,一周只能打一次电话回家。我绞尽脑汁,终于找到时机,在半夜时偷偷溜出去给妈妈打电话,流着泪说:"妈妈,你不知道我的伤心。"可不久就被发现了,作为惩罚,我不能再使用电话。

我成了一个多思敏感的小孩,不服从,不跟同学说话,总是一个人躲在教室后头,让年轻的老师很是头疼。

终于有一天,我做了一件更加出格的事——逃跑。是的,一个五岁的小孩,擅自逃离了幼儿园。当然,后面事件的严重性可想而知。大人们也毫无办法,我退学了,前后在幼儿园待了不到一个月。

这就是我第一次一个人去的远方,以失败告终。

3

身边的人告诉我,我有个很棒的老爸,曾是市里的高考状元，英语说得特溜，在远方干着大事业。我去过他所在的城市，那里有海、有高耸入云的大厦、有各色霓虹灯、有说着不同语言的人群。我很少见到他，但总是骄傲地说："我有个超人一样的爸爸，他在远方呢！"

上小学时，爸爸从那个光怪陆离的城市回到我的身边。记得他回来的时候是一个夜晚，我为了等他迟迟不肯睡觉。敲门声响起时，是我飞奔过去给他开的门。

我大喊了一声："爸爸！"

夜色中，他看起来有点严肃，因为长途奔波而显得风尘仆仆，没有像超人一样把我抱起来，也没有塞给我玩具。他没有带给久未见面的女儿所期待的洋娃娃、蕾丝裙和气球，而是带了一堆书，垒起来差不多跟我一样高。因为没有洋娃娃而沮丧的我，那时还不理解这一切。

从远方回来的父亲并不懂得如何跟这个小孩相处，也不知道我那叛逆的劲从哪来的。我们一直争争吵吵，最差的时候我甚至要离家出走。最初期待见到的超人老爸，此时成了成长的一个障碍。

直到我十五岁时，再次离开家，一个人去另外的城市上高中。经过很多夜晚陌生的磨砺，我一点点地长大。

4

大概是懂得了成长必然是不断地扑向远方的艰难过程，人生也难免是一场场聚少离多的大剧，我渐渐学会享受在远方独自生活的酸甜苦辣，也懂得和亲人距离遥远时方能感受到的强烈思念。

很多时候，我甚至怀疑自己的染色体中藏有流浪的

A Long Journey in Europe

基因。爸爸大学的时候念英语，妈妈念的是地理，他们从年轻时就跟外国人、世界地图、异国文化打交道，也许我来到这个世界之前，在妈妈的肚子里就已经听过太多关于远方、关于异国、关于世界的故事。

从大学时期开始，把自己设计的衣服、首饰卖给别人，赚了钱就买张廉价机票到东南亚流浪。远方竟然如此好玩，从此我一发不可收拾，对异国与远方上了瘾。

一位玄学老师傅曾跟我说："你命中带驿马，注定远走高飞，最终凯旋。"

那天，我刚满二十二岁，在庙里求了关于远方的一个上上签，即将大学毕业，准备到大西洋彼岸读研。那是离家又更远的地方，远得必须把所有交通工具轮番坐一遍才能回一次家。一心想继续去往色彩斑斓的远方的我当时并不知道，这条路一旦走出去，竟然不知归时。

我依然清晰地记得第一次从北京坐飞机到巴黎的感觉，听到广播中播报着"前往巴黎的乘客请登机"时莫名的期待，飞机降落灯光斑斓的欧洲那一刻自己的深呼吸，刚刚破晓的深蓝色天空犹如一个梦一般。时间过得真快啊，那竟然也是几年前的事情了。

直到今天，我还从未有过凯旋的感觉，证明真正的归期尚未到来。故乡在日新月异中物是人非，偶尔飞行十几个小时，只为逗留那么几天。我才懂得：在远方久了，远方变成了故乡；离开故乡久了，故乡也变成了远方。

有人问我：你在远方可好？你可曾想念亲人？

当然想，那是毫无疑问、千真万确的。要不然，我不会为第二天到巴黎戴高乐机场接前来旅行的爸妈而彻夜失眠，也不会在他们离开时一个人偷偷哭泣到夕阳西下。我去了远方,爸爸又重新变回了我的超人,妈妈又重新变成了我最思念的人。

曾几何时,远方在我心中是充满艰难险阻的。小时候看东非动物大迁徙,象群为了寻找水源,一路跟着大象长老长途跋涉,受尽天敌围困,受尽饥渴难耐,路上出生的小象走不到水源处就跪地死去,象妈妈用鼻子悲伤地推着死去的孩子仰天长啸。每每此时,我总会忍不住落泪。幸好,总有那么一部分坚挺的大象,克服远方的种种困难,最终找到了沼泽地,得以繁衍下去。

相比之下,人类的命运比大象好多了,人类去远方,不只是为了找到赖以活下去的食物和水源,还为了愉悦、为了诗与远方、为了灿烂的文明、为了爱……

俞瑶

2017 年 3 月于巴黎